世界著名少儿历险故事丛书

寻 踪 探 秘

高 帆 主编

吉林人民出版社

图书在版编目(CIP)数据

寻踪探秘/高帆主编.--　长春:吉林人民出版社,
2012.4

（世界著名少儿历险故事丛书）

ISBN 978-7-206-08834-6

Ⅰ.①寻…　Ⅱ.①高…　Ⅲ.①儿童故事—作品集—世
界　Ⅳ.①I18

中国版本图书馆CIP数据核字(2012)第077260号

寻踪探秘
XUN ZONG TANMI

主　　编:高　帆

责任编辑:张文君　　　　　　封面设计:七　洱

吉林人民出版社出版 发行（长春市人民大街7548号　邮政编码:130022）

印　　刷:鸿鹄（唐山）印务有限公司

开　　本:710mm×960mm　　　1/16

印　　张:12　　　　　　字　　数:150千字

标准书号:ISBN 978-7-206-08834-6

版　　次:2012年5月第1版　　印　　次:2021年8月第2次印刷

定　　价:45.00元

如发现印装质量问题,影响阅读,请与出版社联系调换。

前　言

　　历险故事向来是最受少年儿童喜爱的，尤其是十岁到十三四岁学龄中期的孩子们，对于历险故事简直爱不释手。

　　这是因为，这类故事非常适合这个年龄阶段孩子们的接受心理和审美需求。这些故事的主人公，有的在漫游中不断遇到种种险情、险事，有的在追寻、探求某种神秘人物的过程中历尽艰难险阻，情节曲折惊险，险中有奇，奇中多趣，对小读者具有超乎寻常的吸引力。

　　历险故事主人公的经历，多具有传奇性。奇境奇闻，在孩子们面前展开一个生疏新奇的领域，能够极大地满足这个年龄段的少年儿童普遍具有的好奇心理和求知欲望。茅盾先生早在1935年就曾说："我们应该记好：儿童们是爱'奇异'，爱'热闹'，爱'多变化'，爱'泼剌'，爱'紧张'的；我们照他们的'脾胃'调制出菜来供给他们，这才能够丰富他们的多方面的知识，这才能够培养他们的文艺的趣味……"

　　历险故事的情节，都是惊险曲折、波澜起伏的，这类作品悬念迭生，扣人心弦，既"热闹"，又"紧张"，小读者读起来津津有味，常常心驰神往，欲罢不能。若论情节本身的吸引力，历险故事是其他任何类型的作品都无法与之相比的。

　　高尔基说过："追求光明的和不平凡的事物是儿童固有的本性。"十多岁的少年儿童，只要心理正常，大多数具有一种积极向上的、向往创造不平凡业绩的荣誉感。这些历险故事里，都洋溢着一种战胜困难、勇敢进取的英雄主义精神。历险主人公，无论是在自觉探险、追寻某种事物的过程中，还是不自觉地在他平常的旅途上，遇到种种艰难、重重险阻时，都表现出一种无畏的勇气，一种"冒险进取之志气"。这种精神，对儿童那"追求光明的和不平凡的事物"的天性，既是一种自然的呼应，又是一种陶冶和激发，显然十分有利于少年儿童的健康成长。苏联教育家苏霍姆林斯基说："克服困难可以使人得到提高。经受过无法忍受的困难，并且克服了这些困难的人，能够以完全不同的方式来观察世界、理解人们。"

这些故事的主人公，在经历了种种艰险之后，总能得到一个好的结果，这也是历险故事的一个共同特点。与历经艰险和磨难紧密相连的是云开雾散，真相大白，脱离险境，喜获成功，主人公的追求总会有一个圆满的结局。读这类故事，小读者自然会从中获得一种成就感，在屏息凝神的紧张之后，从这种传奇故事中获得一种充实的心理满足。

可以肯定地说，历险故事正是广大作家按照儿童的脾胃调制出来的精美的精神食粮。

在世界儿童文学的百花园中，历险故事之多数不胜数，浩如烟海，我们只能选择其中最有名、最具艺术魅力的一部分介绍给大家。这些历险故事原作多为中、长篇，为了让小读者尽量多地领略这一艺术园地的迷人风采，我们采取了对中、长篇进行缩写的方式。缩写的原则是不改原作的思想宗旨、人物性格、故事框架，使读者读此缩写版亦能大体把握原作风貌，同时读起来又不感到空洞、枯燥，即要有较强的可读性。

把一部十几万乃至几十万字的作品，缩写成一万字，要达到上述目标是有一定难度的。缩写，也要求执笔者能进入一种类似创作的状态，对原作既要有理性的把握，也应有一种心领神会的感受，文字既要简练、准确、流畅，又能尽量体现原作的风格，这需要执笔者具备一定的素质和功力。由于原作结构、风格等情况的不同，加之我们的水平毕竟有限，所以，尽管大家都做了努力，但收到的效果仍然有差别，缩写稿显然仍未能尽如人意，我们诚恳地希望得到读者和专家们批评、指教！

为中国的孩子编选外国作家的作品，译者的劳动为我们的缩写提供了方便条件，我们充分尊重翻译家们的劳动，并对他们致以深深的谢意。但还要说明的是，有些篇目参照了不同的译本，有些对原译文字进行了较大改动，为了本书规格统一，缩写稿的原译者就一律未予注明，在这里也一并表示歉意！

缩写稿中，有两篇直接选自张美妮主编的《外国著名历险奇遇童话故事精选》（中国少年儿童出版社），在这里我们向原编者、出版者诚致谢忱！

高　帆

目录
contents

目录
contents

格兰特船长的儿女

〔法国〕儒勒·凡尔纳　原著

第一部

1864年7月26日，邓肯号游船在阿兰岛附近捕到一条天秤鱼。在鱼肚内，船主格里那凡爵士发现了一个已被海水严重侵蚀的酒瓶。瓶内有三个分别用英、法、德文写成的文件，但都已残缺不全。

通过仔细辨认和推测，格里那凡爵士写下了文件可能有的原文：

1862年6月7日，三桅船不列颠尼亚号，籍隶格拉斯哥港，沉没在靠近巴塔戈尼亚一带海岸的南半球海面。因要求上陆，两水手和船长格兰特立即到达此大陆，将受俘于野蛮的印第安人。兹特抛下此文件于经……纬37°11′处。乞予救援，否则必死于此！

格里那凡爵士和海伦夫人回到玛考姆府后，爵士立即在报上登了一则"欲知格兰特船长消息者，请与格里那凡爵士联系"的启事，然后便登上了去格拉斯哥的快车。

这一天，管家来报，说有一男一女两个孩子求见，原来他们是格兰特船长16岁的女儿玛丽和12岁的儿子罗伯尔。海伦热情地接待了他们。

第二天一早，格里那凡爵士带回了一个坏消息：政府不愿为三个苏格兰人而去搜查整个巴塔戈尼亚。玛丽和罗伯尔姐弟异常悲伤。

心地善良的海伦夫人早已眼泪汪汪了，她决定和丈夫一起乘邓肯号游船去寻找失踪的人。

邓肯号设备精良，船长孟格尔和水手们不仅经验丰富，而且都忠心耿耿。玛丽和罗伯尔决定随船同行，加入这旅行队的还有海伦的表兄麦克那布斯少校。在邓肯号启程之前，所有参加这次救难航行的人都去了圣孟哥教堂，接受摩尔顿牧师的祝福，请求神明保佑这次远征。

8月25日凌晨两点多钟，邓肯号出发了。

就在航行的第二天，甲板上出现了一个瘦长的、打扮举止滑稽的陌生人。原来他是巴黎地理学会的秘书雅克·巴加内尔，由于粗心而上错了船，本来要到印度去的他，竟坐上了这艘到美洲去的船！

开始巴加内尔很懊丧，但后来在格里那凡爵士的劝说下，他留了下来。

邓肯号绕过麦哲伦海峡，来到南美洲的西海岸，调查后没有找到格兰特船长失事的痕迹。格里那凡爵士决定组成一个7人小分队，带着巴加内尔和罗伯尔·格兰特等人沿南纬37度线作一次横跨美洲大陆的"散步"，以确定格兰特船长是否被当地土人所掳去。邓肯号则由孟格尔指挥驶往东海岸巡航。

格里那凡这一队人决定以阿罗哥城为出发点，自此向东循着一条笔直的路线进发。这样，他们就径直来到了安达斯山脉的跟前。

山路崎岖狭窄而陡峭，为了翻山越涧，格里那凡一行人有时就像马戏团里的一群丑角，表演着空中飞人。到第二天夜里，他们已是在一万一千七百英尺的高空了，由于空气稀薄，大家呼吸困难，血液从牙龈和嘴唇上渗出来。高山区那种最可怕的病痛——昏眩不仅削减了他们的体力，也削减了他们的毅力。不一会儿，摔跤的人越来越多，一跌倒就站不起来，只好跪着爬。

幸好，在这万分危难之际，少校发现了一座小屋。大家刚在这个小屋里歇息不久，一群受惊的野兽就从他们头上几尺高的地方卷了过去，它们恐怖的原因是什么呢？格里那凡预感到不久会有灾难到来。

果然，正当大家都陷入睡眠状态，突然，响起了一阵哗啦啦的断裂响，许多圆锥形的山顶被齐腰斩断，尖峰摇摇摆摆地陷落下去，仿佛山脚下的地面忽然开了门。啊，是地震！7个人惊慌地逃出小屋，用手攀着苔藓，拼命扒住那座平顶山头的边缘，而那个大山头正以每小时50英里的速度，以50度角的斜度向下倾落……

后来，他们被抛进一个小山窝，和弹丸落在盘底一样，叠集成一团。除了罗伯尔·格兰特之外，人人都在，都直挺挺地躺在地面上。

大家都苏醒过来后，便开始寻找小罗伯尔，然而却始终一无所获。就在他们绝望地要出发时，忽然天空中出现了一只巨大的兀鹰。只见它盘旋一阵后猛地俯冲了下去，当它再次飞高时，爪子下已抓了具尸体，那正是小罗伯尔。

还没等格里那凡他们开枪，只听山谷里砰地一声枪响，一道白烟从两座雪花岩之间冒出来。那只兀鹰中了枪，打着转渐渐下坠，张着大翅膀像个降落伞，悠悠地落在离河岸约10步远的地方。

格里那凡连忙向小罗伯尔奔去，他把耳朵贴在孩子的胸口上。真是奇迹，他还活着。孩子的救命恩人是个身材高大的当地土人，名叫塔卡夫，说着一口当地的西班牙语，这下，巴加内尔觉得一路上所学的西班牙语可该派上用场了。然而，他们一对话，这位马虎的地理学家才发现原来他竟把葡萄牙语当西班牙语学了。不过幸好这两种语言相近，用不了多久，巴加内尔就能与塔卡夫对话了。

很幸运，塔卡夫正是以向导为业的。塔卡夫带着他们沿河向上游走去，在一个集市上买了几匹马和一些旅行必备品。一切准备停当，最让人兴奋的还是塔卡夫竟听说有个欧洲人曾落到了当地印第安人手里，这使大家信心倍增。

阿根廷的判帕区展延在南纬34度与40度之间，是个名符其实的草原区。一路上的景色单调而寂寞，不久他们就受到了断水的威胁。为寻找水源，格里那凡将人马分为两队，由他和塔卡夫、罗伯尔前往瓜米尼河侦察，其余的人沿37度线这条路慢慢地往前挨。

三匹马不知走了多久，直到筋疲力竭的时候才来到了瓜米尼河畔。他们首先喝了个饱，然后在一所"拉马搭"———一种为关牛马用的三面环墙的院落，安顿下来。

快到夜里10点钟时，塔卡夫突然听到某种声响，他的脸上露出了不安的神情。不久，草原上就响起狂吠和长号混杂而成的一片怪声，一群红狼包围了整个"拉马搭"。塔卡夫将院里所有能烧的东西都堆在"拉马搭"的入口处，点着，不久，幽暗的天空上就拉起了一幅火焰的帘幕。他们三人守在门口，用枪和刀阻止了红狼一次次的猛扑。这场血战已到了最后关头，火焰渐渐低下去，原野的阴影里又出现了红狼的发着磷光的眼睛。

塔卡夫放了最后一枪，又把一只狼打死在地，然后他解开了他的马"桃迦"，准备引开狼群。这时狼群已经停止了号叫，不一会儿，人们就听到它们的爪子在半朽的木柱上抓。从摇动了的柱子缝里已经伸进了许多强健的腿和血盆般的大嘴。情况万分危急！

格里那凡拦住塔卡夫，一定要亲自去引开狼群。正在他们争执之际，罗伯尔猛地推开格里那凡，跳上桃迦，疾驰而去。那些红狼号叫着一窝蜂似的向那匹马追去，快得和鬼影一般。

东方渐渐发白，格里那凡他们和巴加内尔领导的那一小队人马会师了，小罗伯尔也成功地摆脱狼群的追袭到了那里。大家欢叙了一下，又继续出发了。

11月6日那天，他们来到了阿根廷平原的独立堡，见到了那儿的司令。但令人大失所望的是，根据那个军曹所提供的细节，俘虏的国籍、同伴的被杀，以及从印第安人手里逃脱等情况来看，这里曾被印第安人捉住的那个欧洲人并非格兰特船长，他们追踪错了目标。

一行人无精打采地离开独立堡，决定前往大西洋海岸去与邓肯号会合。第三天，天气骤然起了变化，桃迦表现得十分急躁，有一种隐隐的澎湃声像涨潮一样，从天外呼啸而来。不一会儿，一片又高又宽的浪潮排山倒海地倾泻到这片平原上，平原立刻变成了汪洋大海。马儿浮了起来，洪水以每小时20多英里的速度拖着马匹前行。

这时他们发现在北方八百码远的地方，有一棵高大的"翁比"树孤立在水中心，便立刻向那里奔去。但一个40英尺高的掀天巨浪，声如雷震，顷刻间将那几个逃难的人都卷入了波涛，马匹转眼就不见了。

大浪过后，人们还在挣扎，离树只有20码远了。一会儿工夫，大家都抓到了树边，只有塔卡夫为追赶桃迦，仍向那茫茫的天边漂流而去。

格里那凡一行人在大树上立了脚。栖息在"翁比"树上，大家仍为找错了目标而懊恼。一天，巴加内尔突然心里一亮，他以强有力的证据证明是他们将文件解释错了，格兰特船长出事的正确的地点应是在澳大利亚海岸。这给大家又重新带来了光明和希望。

第二天下起了一场猛烈的暴风雨，炸雷和闪电连成一片。突然一个拳头大的火团子裹着黑烟，落到横伸着的那个主枝的末端上来。火团子猛地炸开，大树着火了。

树上的人乱作一团，可又不能跳水，因为他们在水中发现了那种美洲特产的阿厉加鼍鳄鱼，它们正用牙啃着树根。

不多时，一股强烈的飓风扑到大树上，只一秒钟，那棵树已卧倒在水中，在风与水配合的双重力量下向前漂去，吞噬它的那些火焰已经渐渐熄灭了。

快到早晨3点钟的时候，焦树枝子的末端触到了一片高地，他们得救了。令人高兴的是，他们在那儿又见到了他们的好朋友塔卡夫。

又过了一天，他们来到了大西洋岸边。天刚破晓时，格里那凡发现了离岸五海里远的地方，邓肯号正在慢慢航行。塔卡夫连放了三枪，邓肯号终于发现了他们，接着一艘小船便放了下来。

大家和善良的塔卡夫依依不舍地告了别，一小时后，罗伯尔第一个登上了邓肯号甲板。

循着一条直线横贯南美的旅行就这样结束了。

第二部

不久，邓肯号就离开了美洲海岸向东驶去。大洋是宁静的，风向正好，航行顺利。他们经过透利斯探达昆雅和阿姆斯特丹岛，来到了距澳大利亚百奴衣角不到五度的海面上。

12月13日，一点风也没有，快到夜里11点钟时，南边的天空出现一块块云斑。又过了几小时，浪头已高得可怕了，特大飓风使邓肯号受到了严重的损害。

就在这危急时刻，船长孟格尔想到了一个办法：倒油。因为如果盖上一层油，狂澜会平息一些。这层油在水上漂着，可以使浪头润滑，从而减少激荡。

瞬时间，油滔滔地从桶里涌出，顿时那一片油竟把那白浪滔天的海面压平下去。邓肯号就从这水面上一飞而过，到了那边平静的区域。

当风暴平息后，邓肯号来到了百奴衣角。在那里还是没有找到一点沉船的遗迹。于是格里那凡带着全体人员登岸了。他们受到了好客的当地人的热情招待。令他们感到意外惊喜却又有点半信半疑的是，当地农庄一个叫艾尔通的雇工，说他正是以前不列颠尼亚号上的水手长。他不但对玛丽和罗伯尔很熟悉，而且还拿出了他的水手证，这就完全解除了格里那凡等人的怀疑。

艾尔通说不列颠尼亚号是在澳洲东海岸的吐福湾附近失事的，如果船长和另外两名船员并没有死的话，他们一定还在澳洲大陆上。这位遇难的船员曾成了土人部落的俘虏，后趁土人不备逃了出来。艾尔通最后表示同意跟他们一起去东海岸，去寻找格兰特船长。

艾尔通的话使大家充满了希望。于是格里那凡决定由大副汤姆·奥斯丁留下去墨尔本维修邓肯号，一旦接到他的命令，就将船开到指定地点。而他本人、少校、巴加内尔、罗伯尔、孟格尔和两名水手穆拉地及威尔逊都佩着手枪和马枪，跨上了马，女眷们都乘上牛车，由艾尔通作向导，开始了沿37度线横贯澳洲大陆的旅行。

由百奴衣角到维多利亚省边境，不到62英里的路程，两天就走完了。12月25日那天，他们美美地吃上一顿，庆祝圣诞节。27日11点的光景，牛车到了维买拉河河岸。这条河有半英里宽，河上既无木筏，又没有桥，然而又非过河不可。在上游四分之一英里的地方，河水似乎比较浅些，再三探测，却只有三英尺深的水。因此牛车可以从这里的河底上走过去，不至于有什么危险。

骑马人围住那辆牛车，大家坚决地下河了。直到维买拉河中心以前，都很好。但是到了河中心，水直淹到轮盘以上。这时，万想不到车子忽然一碰，哗啦一声，车歪了，水淹到女客的脚了；虽然格里那凡和约翰·孟格尔把住车栏用力扶着，车还是漂了起来。这是最惊险的一刹那。幸而艾尔通抓住牛轭，使劲一扳，又把车子向反面扭转过来。前面河底形成一个坡子，在牛马脚下渐渐高起来了，过了一会儿人畜总算都安全过了河。

不过车的前厢在碰了一下的时候损坏了，格里那凡的马前蹄上的马蹄铁也落掉了。这种意外的损坏急需修理，这时艾尔通又自告奋勇，愿意跑到向北20英里处去找一个钉马蹄铁的铁匠来。

第二天天一亮他就带了一个人回来了。这家伙健壮有力，身材高大，但是一脸的贱相，叫人家看了讨厌。不过看他修车厢的样子倒是个内行，至于格里那凡的那匹马，他也很快地就给钉上了马蹄铁。只是这马蹄铁有些特别，呈三叶状，上端剜成叶子的轮廓，艾尔通说那是他们那个黑点站的标记，站里的马有了这个标记，跑丢了就容易追寻回来，不致于和其他的马迹混杂不清。

半小时后，旅行队又上路了。第二天11点钟，他们到达了一个相当重要的城市卡尔斯白鲁克。艾尔通主张绕过这城市，不进去，以节省时间，而巴加内尔则对什么都感到新鲜，坚持要进去看看，大家只好让他自便了。

37度线在卡斯尔门上几英里的地方穿过铁路，那地方恰好是一座桥，叫康登桥，架在墨累河的一个支流吕顿河上。这一天，康登桥上正好发生了一件悲惨的意外事件，不是碰车，却是火车出轨落到河里去了。据警官介绍，这不只是惨祸，而且是一个罪行。因为康登桥是一座转桥，平时转开让船只通行，然后再接上铁轨，让火车通过。很显然，这起惨祸是一些流犯造成的，他们杀死守桥员，抢劫了最后一节车厢的旅客，而恰恰是这节车厢没有掉下河去，而是奇迹般地停在了桥上。

格里那凡听后心里颇感不安，但他并没有把流犯来到此地的消息告诉海伦夫人。小旅行队又继续前进了，但此时他们加强了警戒。

一路上还比较顺利。他们先是看了一场当地土人的狩猎表演，接着又遇到了两个作了畜牧主的百万富翁。在那两位青年的林园里，他们进行了一场痛快、精彩的围猎。

通往阿尔卑斯山的道路崎岖难行，整个旅行变得艰难起来。1月9日，这一小队人在一条小山路旁看到个小酒店，大家在那里稍稍休息了一下，格里那凡发现那儿的墙上贴着一张告示，是殖民地警察局通缉以彭·觉斯为首的一伙流犯的通告。

车队离开小店向卢克诺大路的尽头走去。那里蜿蜒着一条羊肠小道，斜贯山腰。这个上山的坡路很难走，不止一次车上和马上的旅客都不得不下来推车；下险坡时则常常要在车子后面拉；转急弯时，辕木太长了拐不过去，还要把牛解下来；上坡时车子要往后退，又要垫住轮子，总之是困难重重。不止于此，马匹也好像害了瘟病，一匹接一匹地倒了下去，却怎么也查不出暴死的原因。

车队终于平安越过了阿尔卑斯山脉，前面的路一直通到吉普斯兰平原，这时艾尔通又催格里那凡爵士派人送命令给邓肯号，叫它开到太平洋沿岸来。但在少校麦克那布斯等人的一致反对下，他的意见没被采纳。少校见到艾尔通仿佛有些失望，但少校却不说什么，把一切都装在了肚子里。

大家又开始前进。第二天，1月13日，一开始还很顺利，可是黄昏时，在离斯诺威河不到半英里的地方，牛车忽然落到泥淖里，一直陷到车轴。艾尔通无论怎么费劲，也没有把车弄出来。

傍晚大家开始就地露宿。快到11点时，少校醒来了，他半睁半闭的眼睛忽然看到一片隐约的亮光在树林里流动。他爬起来向树林里走去。那片磷光照耀着树林约有半英里路的面积，少校借着月亮清清楚楚地看见在树林边缘有几个人在忽起忽伏。他们在干什么呢？少校毫不迟疑，他独自躲到深草里去了。

第二天清晨，人们惊慌地发现又有两头牛、三匹马倒毙了，只剩下了一牛一马，现在他们只有徒步走到吐福湾了。这时，艾尔通仍念念不忘邓肯号，他主张派一人送信给邓肯号，以寻求帮助，没想到少校这次同意了他的建议。

在格里那凡正给大副汤姆·奥斯丁写信时，麦克那布斯少校突然揭出一个惊人的秘密：艾尔通，读时音为艾尔通，写出来却要写作彭·觉斯！

这时只听砰地一声，艾尔通挺身举起了手枪，格里那凡受伤倒地，那个胆大包天的流犯立刻跑到隐藏在胶树林边的他那一伙匪徒那儿去了。

经过少校的讲解，大家才明白现在正受到通缉的、血债累累的逃犯彭·觉斯就是这个已落了草的水手长艾尔通。

格里那凡受了伤，只好让巴加内尔代写一封给汤姆·奥斯丁的信。在写信时，巴加内尔偶然看到丢在地上的一张澳大利亚新西兰日报，一时之间分散了注意力，但是很快又平静下来，写下了那封信，信上命令汤姆·奥斯丁将船开到南纬37度线横截澳大利亚东海岸的地方来接应……

信写好后，经抽签决定由水手穆拉地送回去。可惜他并没有成功。他只走出不远，便被那些流犯扎了一刀，信也被彭·觉斯抢走了。

现在唯一的出路就是渡过斯诺威河，抢在海盗前面赶到海边。可连日的大雨使河水暴涨，河上唯一的一座藤桥也被流犯们烧掉了。那一支小旅行队只好耐心地等待，直到21日晨，水面才开始下降。大家连忙造了一只木筏，坐上它向对岸划去。

最后他们总算成功了，只是在靠岸时木筏被碰得散开了，除了少校的马枪外，其余的东西都和木筏的残骸一同随波漂去。

这一行人只好徒步艰难地行走了好几天，后来幸运地搭上了一辆邮车，总算顺利地到达了小城艾登。不幸的是，格里那凡发现一星期来，吐福湾没来过一只船。他给墨尔本船舶保险经理人联合会拍了一个电报。下午两点钟，回电来了，电文是：邓肯号本月18日启航去向不明。

无可怀疑！那只正派的苏格兰游船已被彭·觉斯劫持，变成一只海盗船了！横贯澳大利亚的旅行曾那样乐观地开始，现在却这样绝望地结束了！

第三部

在万般无奈的情况下，大家决计回欧洲了。但这地方到墨尔本的船只很少，于是巴加内尔建议先到新西兰的奥克兰去，然后再搭半岛邮船公司的船回欧洲。他的建议得到了大家的赞同。

这之后，格里那凡带着大家就搭乘一艘名叫"麦加利"号的双桅帆船出发了。麦加利号船上是个粗野的人，而且又嗜酒如命，一看就是个没受过什么教育的人。

在前往奥克兰的航行中，巴加内尔给其他的人讲述了新西兰的历史。使人感到恐怖的是，那儿的土人竟有吃人的嗜好。

从吐福湾出发后的头几天，航行一切顺利。然而到了第六天夜里，天气却变得可怕极了，麦加利被大风浪抛入了暗礁区。忽然，砰地一撞，麦加利号撞到了岩石上，触桅的支索撞断了，海浪冲洗着甲板，从船尾冲到船头。

船此刻完全不动了，风浪已渐渐平息。然而天放亮的时候，约翰·孟格尔却惊讶地发现，麦加利号船长和他的船员们已趁着黑夜，放下船上那唯一的小划子逃走了。船是浮不起来了，于是大家一齐动手，用前桅的断料和空酒桶扎了个木筏。

他们将所有必需品装上木筏，然后借助潮水的力量，终于成功地登上了新西兰海岸。

2月7日早晨6点钟，格里那凡发出了启程的信号。第二天傍晚，他们来到了隈卡陀江边，在一丛小树跟前宿了营。

第二天天亮时，江上出现了一只逆流而上的船。船上站着一个大个子土人，他一脸凶相，身上又细又密地刺满了花纹。这些花纹是身份的象征，一望便知，此人是个地位很高的毛利族酋长。在他身边，还有九名带着武器的战士。

在这只长艇的中间，有七个欧洲俘虏紧紧地挤在一块，脚都被拴住，手并没绑，他们就是格里那凡一行人。原来昨夜他们在浓雾中稀里糊涂地钻到一股土人窝里宿了营。快到半夜时，他们在睡梦中被土人抓住了。

这酋长的名字叫作啃骨魔，他的残暴程度绝不亚于他的勇猛，新西兰总督最近已经悬赏要他的头。通过与他的交谈，格里那凡明白了，有几个毛利人首领落到英国人手里去了，土人想以交换的方式把他们弄回来。看来他们还有活命的可能，并没有完全绝望。

艇子在江上飞快地划着，几天后的一个中午，全队小艇来到了道波湖。

道波湖是个火山湖，它海拔一千二百五十英尺，深不可测。距它四分之一英里的地方，在一个陡峭的悬岩上出现了一座毛利人的城寨。俘虏们在那里看到外面木桩上装饰着许多人头，都不禁毛骨悚然。这些头颅都是敌方战败的酋长的头颅，他们的身子早就成了战胜者的食粮。

啃骨魔刚把他们带到城寨深处的广场上，俘虏们立刻被土人所包围。啃骨魔唯恐控制不住部落中的过激分子，所以叫人把俘虏押到一个神圣不可侵犯的地方去。这地方在城寨的另一端，一片壁陡的高岗上面。那里有个供神的棚子，土著人叫作"华勒阁"。祭司们常在这棚子里给新西兰人讲说三位一体的道理。

渐渐地，土人离开了广场，这时，一个战士把他们叫到了啃骨魔面前，同时还有一个叫卡拉特特的酋长也站在一旁。

"你相信英国人肯拿我们的'脱洪伽'换你吗？"啃骨魔问道。

"你先拿这两个妇女去换你的祭司罢，她们在她们国家里有很高的地位。"格里那凡说。

"你以为我看不出来她是你老婆吗？"啃骨魔指着海伦说。

"不是他的，是我的。"卡拉特特叫起来，并将手搭上海伦夫人的肩膀。

格里那凡一声不响地举起了枪，砰地一声，卡拉特特倒地死了。枪声一响，七人像浪潮一般涌了出来。啃骨魔一手掩护住格里那凡的身体，另一只手挡住扑向俘虏的群众，并且叫着："神禁！神禁！"

　　在土人当中通行着一种"神禁"风俗，凡被"神禁"后的人或东西，登时就不准任何人接触或使用，否则就会干犯神怒，被神处死。就这样，俘虏们又被押回临时牢狱。但是罗伯尔和巴加内尔却不见了。

　　到第三天，死去酋长的丧礼开始了。啃骨魔用手中的"木榴"将那酋长的妻子一下子打得气绝身亡，然后将他们的尸体并排摆在一起。接着，又有六个可怜的人死在木榴之下，骇人听闻的吃人场面开始了。所有的土人都一齐扑到死人的身上……

　　最后，他们将酋长和他妻子的尸体抬起，手脚都弯过来，贴着肚皮，然后把他们葬在堡外湖右岸的一个小山顶上，这小山叫蒙加那木山。

　　俘虏们又被押回牢狱里了，现在他们还有一夜的时间去做临死的准备。

　　大约早晨4点钟的光景，一个轻微的声响唤起了少校的注意，渐渐，扒土的声音越来越清晰了。俘虏们明白了是怎么回事，也在棚内加紧扒了起来，洞越来越大。外面的人竟然是小罗伯尔！俘虏们一个接一个地爬出了地道，来到了一个山洞里。然后人们又将罗伯尔带的绳子一端拴在岩石上，顺着绳子滑到了谷底。

　　东方渐渐发白了。突然，一片骇人的咆哮声传来，土人发现他们了。那群逃亡者连忙向一座山奔去，巧得很，那里正是埋葬着卡拉特特的蒙加那木山，是禁山，土人只能围在山脚下，却不敢前进一步。

　　在坟墓的墓室里，人们发现巴加内尔竟安坐在那儿，意外的重逢让大家非常高兴。巴加内尔只是简单地说他被另一个部落所掳，后来他又偷跑了出来，别的细节再不肯多说了。

　　山下有土人把守，怎样才能脱离险境呢？巴加内尔又想出一个好办法。他们趁着漆黑的夜色，把山顶一块覆盖着火山口的大岩石撬下了山坡，顿时一条炽热的气柱冲向天空，同时沸泉和熔岩直向土人的露营奔流而去。山脚下的土人四散逃窜，这批逃亡者便趁机悄悄溜出了险境。

经过几天的艰难跋涉，格里那凡一行人终于来到了太平洋海岸。他们正在沿海岸徜徉时，忽然又有一队土人追了过来。他们跳上海边的一只小艇，向海里划去。有三只土人的独木舟也紧紧跟在他们身后……

正在这万分危急的时刻，格里那凡突然发现，那艘失踪的邓肯号竟奇迹般地出现在半海里之遥的地方。而且接连两颗炮弹从邓肯号上飞出，土人的一艘独木舟被打成两段，其余的两艘掉头便跑。真令人难以置信，一霎眼的工夫，那10名对邓肯号本来早已不抱希望的逃亡者又莫名其妙地回到了邓肯号上。

邓肯号怎么会出现在新西兰东海岸呢？怎么没落到彭·觉斯手里呢？格里那凡有一肚子的疑问。

"我是遵照阁下的命令呀。"汤姆·奥斯丁回答说，并把从斯诺威河写的那封信递给了格里那凡。那信中果然写着让邓肯号开到南纬37度线横截新西兰东海岸的地方来接应的命令。这又是巴加内尔的粗心大意造成的。他把澳大利亚东海岸写成了新西兰东海岸。

最令格里那凡吃惊的还是艾尔通竟然还在这船上。原来这家伙看到邓肯号向新西兰航行，就想煽动水手叛乱，奥斯丁就将他关了起来。

经过多次努力，艾尔通才答应把他所知道的关于格兰特船长和不列颠尼亚号的一切情况都说出来，但条件是把他放到太平洋上的一个荒岛上去，再给他一些必要的东西。

对这个奇特的请求，格里那凡答应了他。

原来艾尔通确曾是不列颠尼亚号上的水手长，后由于和格兰特船长不和，于1862年4月8日在澳洲西海岸被赶下了船。以后他代名彭·觉斯，做了流犯的头子。当他发现了来寻找格兰特的邓肯号，便一心想夺取它，所以才来到格里那凡面前，说他愿意带路，去找格兰特船长。格里那凡的牛马是被他用胃豆草毒死的，牛车也是他故意引错路给陷到泥里的……然而令人失望的是，他并不知道不列颠尼亚号究竟在哪儿失事，但他说格兰特船长曾想到新西兰去看看……

艾尔通的招供并没能对格兰特船长的神秘失踪有所说明，游船只好保持原定路线。剩下来要做的就是选择一个荒岛把艾尔通丢下去了。

玛丽亚泰勒萨岛是个火山形成的孤岛，正好位于37度线上。两天后的下午，人们望见了那个小岛。晚上，邓肯号在距玛丽亚泰勒萨岛五海里的地方停泊。11点钟时，人们大都睡了，格兰特姐弟俩却伏在栏杆上说着话。忽然，他们同时并且一下子感到了一个同样的幻觉，他们仿佛听到了一个沉郁凄惨的呼声："救我呀！救我呀！"

"我父亲呀！我父亲在那儿呀！"玛丽和罗伯尔叫着，先后昏了过去。

第二天，3月8日，天刚亮，船上的所有乘客都聚到甲板上，向那小岛望去。突然，罗伯尔看见了两个人在岛上奔跑，还有一个人摇着一面旗子。"是英国国旗，"孟格尔补充道。

格里那凡立刻命令放艇子下去，格兰特船长的两个儿女，格里那凡、孟格尔、巴加内尔都涌了上去。当离岸还有十托瓦兹远时，玛丽惨叫了一声："我父亲啊！"

那果真是格兰特船长！

失踪已三年的格兰特船长就这样被救上了邓肯号。听了船长的讲述，人们终于了解了全部情况，原来那是1862年6月26日到27日夜里，不列颠尼亚号被风暴所毁，触毁在玛丽亚泰勒萨岛上，船长和两名水手侥幸爬上了岸。在那个荒岛上，他们三人患难与共地活了下来。昨天晚上，格兰特船长发现了邓肯号，于是他拼命呼救，却只有他的两个孩子听到了。不过万幸的是，他们终于得救了！

按照艾尔通的要求，格里那凡将他放到了那个孤岛上，给他留下了生活必需品后，邓肯号又出发了。

最后，5月9日，邓肯号重新回到了克来德湾，船上的乘客在高地人的欢呼声中进入了玛考姆府。

　　后来的事，读者大概也很想知道：约翰·孟格尔和玛丽·格兰特这对在旅行中产生爱情的有情人终成眷属；罗伯尔注定将来一定会成为一名海员；而少校麦克那布斯的表妹，一位30岁的可爱的小姐竟爱上了有着古怪脾气的巴加内尔，并愿意和他结婚。

　　起初巴加内尔不肯答应，后来在少校的逼迫下才吐露了真情。原来巴加内尔在毛利人家里做了三天俘虏，被毛利人刺过花了，这不是刺了一点点花纹，而是从脚跟直刺到肩膀，他胸前刺了一只大几维鸟，张着翅膀，在啄他的心。不过，那位漂亮的阿若贝拉小姐并不介意。15天后，在玛考姆府的小教堂里，他们举行了轰轰烈烈的结婚典礼。

　　至于格兰特船长之重回祖国，全苏格兰人都庆祝他。他的儿子罗伯尔后来果真做了海员，并且在格里那凡爵士的支持下，为实现在太平洋上建立一个苏格兰移民区的计划而努力。

（吕爱丽　缩写）

宝　岛

〔英国〕史蒂文生　原著

　　我叫吉姆·霍金斯，我父亲在海边开了个小旅店，由于地方比较偏，客人很少，然而没想到还竟有人看上了这一点。

　　那是一个带着刀疤的栗色皮肤的船长。一天，他带着一只航海用的大箱子住进了我们的小店。此人平时沉默寡言，对任何人都存有戒心，唯独嗜酒如命。他常常要我留心"看着一个只有一条腿的水手"，并且一旦这个人出现就马上向他报告。这究竟是怎样一个人呢？我常常从噩梦中惊醒，似乎那个独腿人总会以一千种模样、带着一千种恶魔似的表情，出现在我的眼前。

　　日子一天天地流逝，那个令我心悸的独腿人始终没有出现。然而另一个神秘的人物却扰乱了我们平静的生活。那人面色苍白，左手缺了两个指头，他径直走到我的面前，向我打听船长的下落。他将船长的外貌描述得那么精确，以至于我不得不相信他们是朋友。

　　不久，船长从外面回来了，那个人一把将我推到门后，然后站在我的前面，将我死死抵在墙角。船长终于大踏步地走了进来，像往常一样径直穿过堂屋，走向为他摆好的餐桌前。

　　"毕尔！"那个陌生人喊道。

船长转过身来，我发现他的脸完全变了色，连鼻子也青了，那样子像是碰到了鬼魂或妖怪。我不敢再在他们面前停留，连忙溜了出去。有很长时间，我确实费尽气力去听他们的谈话，然而什么也听不到。突然一阵可怕的咒骂声和铁器的撞击声一同爆发，接着是一声惨叫，那个陌生人浑身是血地窜了出来，船长也昏厥在地。

从那以后，船长的身体越来越虚弱，但他仍大量地喝酒，天天在酩酊大醉中过日子。

一个严寒的下午，我们为刚刚去世的父亲举行了葬礼。当我正站在门口，心中充满对父亲的哀思时，一个瞎子沿着大路慢慢地向我走来。

"好心的朋友，你能告诉我这是哪儿吗？"瞎子用一种古怪的调子问道。

"你是在海边的一个小旅店门口。"

"哦，你愿意把我领进去吗？好心的朋友。"

"当然。"我伸出了手，那个可怕的瞎眼家伙立刻像钳子般地抓住了它，使劲一带，把我拖近了他。

"把我带到船长那儿去，否则我就拧断你的胳膊。"他冷笑着说。

我恐惧地把他带到船长桌旁，可怜的船长抬起了他的眼睛，一瞥之间，他的酒意全醒了。

"孩子，把他的右手牵到我的右手这边来。"瞎子命令道。

我和船长都一字不差地照办了。我看见一个东西递到了船长的手心里。接着，那瞎子就以一种令人难以相信的准确性和速度冲出店门。

"10点钟！"船长叫着跳了起来，忽又猝然倒地，这次是真的死了。

我立刻跪下身子，紧靠他手腕的地板上有一块小圆纸片，一面是涂黑了的。我知道这是一张"黑简"通常是海盗们用来传达对某人予以惩罚的命令的。我把它捡起来，上写："你将活到今晚10点。"很明显，有一伙人今晚会来我们的小旅店。慌乱中，我和妈妈打开了船长那口大箱子，因为妈妈执意要取回船长几个月来拖欠的住宿钱。正当我们数钱时，突然一阵拐杖敲击道路的嗒嗒声清晰地传入耳畔，接着是一声低微的呼哨声从远处的小山传来。我和妈妈连忙跳了起来，临行前，我顺手拿走了箱底一个油布捆着的包裹。

没跑出多远，我就听到一阵吵嚷声和翻箱倒柜的声音，我想他们一定是发现船长的箱子被翻过了。"这是那个男孩干的，我要抠出他的眼珠子！"这是那瞎子的声音。他的话不禁使我后背直冒凉气。

幸好，税务所缉私队的到来救了我的命。

我来到了乡绅特里罗尼和医生利弗西面前，他们是这里最有名望、最可信赖的人。当时，天已经完全黑了。我把那个油布包交到医生手中，当医生把它打开时，我们发现那包里是一个笔记本子和一张密封的纸头，那个笔记本写得很乱，但乡绅指出这显然是那黑心的坏蛋的账本，上面记载着他洗劫的财富。而那个密封的文件，我们打开一看，则是一张某岛屿的地图。上面标明了小岛的位置，岛上的地形，以及引导一艘船在它岸边停泊所需的一切细节，最主要的是有三个用红墨水标出的十字记号，在其中那个标在西南的十字记号旁边，还有一行纤细端正的字体——"大部宝藏在此"。

对我来说这简直是莫名其妙，而它却使乡绅和医生满心欢喜。乡绅立刻着手进行远航寻宝的准备工作：他购买了一条叫作希斯潘纽拉号的双桅船，请利弗西做随船医师，我担任船上的侍应生，随船出海的还有乡绅的三个仆人雷卓斯、乔埃斯和亨特。聘了船长斯莫利特和独腿厨师西尔维，并招募了一批水手，其中有一些都是西尔维帮助找来的。

起初的航行是愉快而顺利的，但就在我们航程的最后一天，我无意中听到了一个可怕的阴谋。

那天刚刚在日落之后，我干完了所有的活，准备要吃个苹果。当我整个身子跳进苹果桶时，我才发现里面几乎连一个苹果也没剩下。我倚着桶壁，听着海浪的声音，不觉蒙眬欲睡。就在这时，忽然有个大个子扑通一声紧靠着大桶坐了下来，接着便说起话来。这是西尔维的声音，"我曾是福林特船长手下的舵手。经过多年的海上生活，船长积聚了一大笔财产，他把它们埋在我们即将到达的那个岛上。后来，藏宝图落在毕尔手中，而现在它却在乡绅和医生的支配下。不过不用担心，这艘船上的水手大部分都是我原来的手下，我们将利用那张图找到财宝，再利用这只船把它运回来。在返回的半路，我们将会结束医生那几人的命。等着瞧好了……"

原来这是一伙海盗！你可以想象我是处在怎样的恐怖之中，我的心脏和四肢都不听使唤了。正在这时，嘹望的水手喊了起来，"陆地，嗬！"

甲板上顿时一片奔跑声，我趁机溜出了苹果桶，找到了医生等人。我把听到的消息偷偷地告诉了利弗西。医生的面色微微一变，但立即控制住自己。很快，他把船长、乡绅和我召集到船舱里，而其他的水手们都留在甲板上开怀畅饮。

我们面临流血和死亡的威胁，形势极其严峻：在26个人里，我们只有7个人可以依靠，并且还有一个是孩子，而对方却是19个。

次日清晨，希斯潘纽拉号进入了那个宝岛——骷髅岛后面的避风港。船上的水手一见宝岛在望，立刻变得不安分起来，一场哗变的乌云悬在了我们头上。只有西尔维在不停地走动，尽量表现出温顺谦恭，似乎是想用这来遮掩其他人的不满。

我们在船舱里举行了一次会议，制订了一个躲避哗变的计划。船长给我们每个人发了武器，然后走上甲板，对大家说："弟兄们，我们遇到了热天气，全都疲劳了，心绪不佳。你们可以乘快艇到岸上透透气，日落前返回即可。"船长的话使甲板上的每一个水手愠怒的脸孔都乐开了花，发出了一阵欢呼，这些蠢人一定以为他们一上岸就会在金银堆上跑断腿呢。

船长说完话转身就走，只留下西尔维去安排他的同伙。最后，人员总算分派好了，他们有六个家伙留在船上，其余的13个，包括西尔维在内，开始登上快艇。

就在这时，我突然产生一个荒唐的想法，既然船上只留下六个坏家伙，而我们也有六个可靠的人，那他们暂时就不需要我帮忙了。我随即产生了上岸的想法。转瞬间我就溜进了前面的一条快艇上。起初没有人注意到我，只有那船首的桨手说，"是你吗，吉姆？把头低下来。"而恰恰在这时，西尔维在另一条快艇上大声说起了话，并且大声问那是不是我。这时，我对自己的行为开始感到有点后悔。

我乘的那只快艇首先抵达岸边。一上岸，我就发疯般地狂奔，把西尔维等人远远地甩在后面。

当我再也跑不动的时候，我发现我来到了一片植物丛中。它们枝条缠绕在一起，如茅草般地越铺越广。我东张西望，在树丛中转来转去，最后来到一长条丛林前面。突然，芦苇丛中发出一阵喧闹，成群的野鸭飞上天空，我断定一定有人在附近。我顺着声音慢慢地爬过去，蜷缩在最近的常青橡树下，慢慢地朝声音那儿望去。我看见西尔维正在和一个高大健壮名叫汤姆的水手讲话，他们谈得似乎很不愉快。只听汤姆大声地说："不，我不能像你那样，我应当忠于我的职责，我也不怕你的威胁。"

这时不远处传来一声惨叫，汤姆一惊，便逼问西尔维："你们把艾伦杀掉了，是不是？你把我也杀了吧！可我谅你不敢！"

说完，这个勇敢的人转身就走。但刚走不远，西尔维突然一声号叫，攀住了一根树枝，将他胁下的拐杖猛地掷向前方。拐杖重重地打在老水手的背上，他发出一种喘息声，倒下了。接着，西尔维如猿猴般地扑到他身上，接连捅了两刀……

我一阵昏厥，当我重新清醒过来便开始逃命。我一面跑，一面越来越感到害怕，几乎到了发狂的地步。正当我狂奔之时，一个人影从我眼前闪过，我本能地收住脚，新的恐惧又浓浓地涌上心头。

从树干之间掠过的身影看，我想那大概是个野人。我正在思考怎么逃跑，令我大为惊异和尴尬的是，那个野人竟从树干后移到我的面前，突然跪倒在地。我现在可以看出，他原来也是个白种人，只是衣衫褴褛，像个野人而已。他用艰涩的声音，向我讲述了他的经历。

他叫本·葛恩，原来也是福林特船上的水手，他知道船长将一大笔财宝埋在这个岛上，于是他曾带着其他的一些人来此寻宝。他们一连找了12天，却始终一无所获，他的同伴们一气之下把他抛弃在这荒岛上，至今已三年了。他还说他已经发了财。当他了解到我们的危险处境，并且知道西尔维就是威胁着我们生命的那帮人的头目，他说他能帮助我们，但要乡绅答应他搭船离开这个岛……

这时候，一阵大炮射击的声音突然响了起来。怎么回事？我和葛恩一同向响声跑去。不久，一个插着英国旗子的小木屋出现在前面不远处。葛恩突然停下了脚步，伸手拉住了我，说："你的朋友在那边，但我还不能去。我还没得到乡绅的担保。如果他们想见我，想听听我的主意，就从正午时分到钟敲六下的时候，到你发现我的那个地方找我，我手里将拿着一个白色的标记。"

说到这里，又一声很响的爆炸声传来，我们立刻向不同的方向跑开了。经过一段长长的迂回，我从岸边的树丛爬了下去。我看见希斯潘纽拉号已挂起海盗的黑旗。我转回身沿着树林的边缘一直来到那个小木屋前，接着就受到了我的朋友们的热烈欢迎。

他们向我讲了他们来这儿的经过：当我的朋友们发现我不在大船上时，医生立刻着了急。他和亨特一同划着小划子，躲开停在岸边的西尔维那两条快艇，从另一个方向上了岸。他们沿着一条清澈的小溪一直来到木屋前。这个木屋前面有块空地，四周全是六呎高的栅栏，木屋四周都有枪孔，可以从里面进行射击，真是个"一夫当关，万夫莫开"的好地方。正当医生观察木屋的时候，突然一声惨叫传来，他猜测一定是我出了事，于是立即将划子划回大船。医生和乡绅、船长商量了一下，立刻派一个人把守舱口，其余的人将吃的东西、药箱以及枪支弹药等搬上小划子，直到最大限度，然后尽可能快地向岸上划去。这样一共进行了五次，当他们全部离开大船时，船上那几个西尔维的手下才发现了他们，并战战兢兢地涌上甲板，开始向小划子开炮。医生等人以最快的速度划到岸边，冲进木屋里。船长从口袋里拿出一面英国国旗，不顾敌人的炮击，郑重地将它升起在木屋的屋顶上。这旗帜表现的就是那无所畏惧的坚定精神和水手气概。

不管怎样，现在又见到我的朋友们，心里真是万分高兴。我给他们讲了我的经历，也没有忘记向他们描述那可怜的野人——葛恩。

经过第一天激烈的战斗，互有伤亡。

第二天一早我就被一阵忙乱而嘈杂的声音惊醒了，我看到了一个令人惊讶的情景。那个西尔维正站在栅栏外，他旁边那个人的手中还挥舞着一块白布。"我是来谈判的，"西尔维说道，"我希望你们能把手中的那张地图交给我，在宝物装上船后，我保证在适当的地点让你们平安上岸。"

"很好，如果你只是想说这些，那就请回吧。但如果你们能改邪归正的话，我保证会把你们全都送上法庭，让你们受到公正的审判。"船长讥讽地说。

西尔维碰了一鼻子灰，只得咆哮着发出最下流的诅咒，狼狈地回去了。西尔维的身影一消失，船长立刻让我们做好战斗的准备，他知道一场恶斗不久便会开始。

一个钟头过去了，突然一阵猛烈的枪声打破了丛林的宁静，分散射来的子弹中有许多打中了木屋，但没有一颗射穿的。我们也立刻给予了回击。但由于我们一时疏忽，一小撮海盗从北面的树丛中跳出，蜂拥般地爬过了栅栏。

"出去，弟兄们，到外面去同他们拼！用腰刀！"船长喊道。

我们立刻从柴火堆上抓起刀，跳出门去，和那些叛乱者打成一团。不一会儿，越过栅栏的四个人已有三个被消灭，另一个也受了伤，逃回了树丛中。

叛乱者再没有转回来，我们取得了胜利，共消灭五个对手，总算有了一段安宁的时间。船长肩部和肺部受了伤，虽不很重，尚无危险，但也使人痛心。

尽管我们也有伤亡，但算起来形势已经比开头强多了，开头是七个对十九个，而现在是四个对九个。

饭后，医生和乡绅、船长商量了一会儿，然后医生拿起地图，背上火枪，轻捷地穿过树林走掉了，我想他一定是去找本·葛恩了。

饭后无聊之时，我的头脑中又产生了一个非分之想，我想去割断那艘大船的缆绳，让它漂走，这样西尔维等人就不能再回到船上了。这个想法一经产生，便左右着我的行动。我拿了一对手铳，还有一些弹药，我觉得我已经有了很好的武器装备。趁乡绅和船长等人不注意，我又悄悄地溜出木屋，不告而别了。

我爬上沙洲的岬脊，在那儿可以看见希斯潘纽拉号仍停留在原位。天渐渐黑下去了。我按照葛恩曾告诉我的位置，找到了那只他自己造的小船，如果它可以称为船的话。这是只用整张羊皮制成的小划子，轻便而且易于携带，唯一不足之处就是不易驾驶。它总是四面打转，就是不朝我要去的方向走。也算运气，不管我划不划桨，潮水还是把我往下面带，不久我就靠拢了大船的锚索，并且抓住了它。我听见后舱里有叫骂声和吆喝声，显然船上的人早已是烂醉如泥了。我抽出大折刀，将锚索一股股地割断，几乎就在同时，我的小划子和大船一同顺水而去。

小划子在大海中颠簸着，我根本不能控制它，哪怕是稍稍一动都可能使它翻转过来。在恐惧之中，我的心神开始麻木，陷入一种恍惚状态，到了最后，睡意竟不觉袭来。

当我醒来时，我惊奇地发现海浪正把我向不远处的希斯潘纽拉号推去。我们的距离在渐渐缩短。机会来了，我一跃而起，把皮划子朝水里一蹬，伸手抓住正在我头顶上的船首斜桅。正当我气喘吁吁地攀缘时，一声沉浊的冲击声告诉我，大船已经撞上并且碰毁了皮划子，我已留在希斯潘纽拉号上，无路可退了。

我沿着帆杠爬下来，滚到了甲板上。在后甲板的背风面，我看到了这样一幅景象。其中一个留守者仰面躺着，龇牙咧嘴，身子早已僵硬了。另一个叫汉兹的留守者正靠在船舷上，下巴抵着胸膛，双手摊在他面前的甲板上。一定是他们在醉后的暴怒中殴杀了对方。

正当我这么观察和纳闷时，在船只颠簸间歇的沉寂中，汉兹突然发出一声低吟，他还活着。"我上船来了，汉兹先生。"我讥讽地说。他吃力地转动着眼珠，已无力做出吃惊的表情来了，唯一的表示就是吐出一个字眼："白兰地。"

我四处搜索，好容易才找到一点白兰地，灌进他的口中，他那苍白的脸似乎才有了一点血色。"让我们谈判一下吧，你帮我包扎好大腿上的伤口，我告诉你如何驾船。我想，这样对我们哪一方都是公平的。"汉兹有气无力地对我说道。

协议很容易就达成了。不到3分钟，我就轻松地驾着希斯潘纽拉号沿宝岛海岸向北海湾前进了。在那儿我们可以安全地把船驶上浅滩，然后等到退潮时再上岸。我为我的想法感到高兴，也为自己新取得的指挥权而兴高采烈，但我也注意到，汉兹盯着我的眼神中还有一种讥讽的神色、一种奸诈的阴影。

天遂人愿，我们毫不费力地抵达了北海湾的入口，马上要大功告成了。"吉姆，你到舱里给我拿瓶葡萄酒来好吗？"吃饭的时候，汉兹突然对我说，他的话说得吞吞吐吐，眼神也飘忽不定，以致连一个孩子也可以看出他是一心想搞些什么骗人的勾当。我佯装答应，转身向后舱奔去，我尽量弄出很大的声响，同时脱掉鞋子，悄悄地爬上前甲板的楼梯，把脑袋伸了出去。果然，我的怀疑得到了确凿无疑的证实。

　　他用手和膝盖将自己从原地撑起来，以很快的速度将自己拖过甲板，从一堆绳索中捡起一把沾满血污的短剑，把它很快地藏进怀中，重新滚回了他靠船舷的老地方。

　　这就是我需要了解的全部东西。汉兹能够到处移动，且身怀武器，很明显，我是他预定的牺牲品。我重新穿上鞋子，随手拿了一瓶葡萄酒，重新出现在甲板上。

　　汉兹仍像以前一样蜷缩在船舷边，头耷拉着，就像是衰弱得连光线也受不了。我没有戳穿他，船在汉兹的指挥下又前进了。我深信汉兹是个最优秀的舵手，不久，希斯潘纽拉号成功地驶上了浅滩。

　　一路上我对舵手都保持着高度警惕，然而这最后的成功却差点使我忘记了眼前的危险。我把脖子伸到右舷外去张望那在船首扩展开来的涟漪。突然一阵不安侵袭了我，我猛一回头；只见汉兹手持短剑，离我只有几步远了。

　　当我们的目光相遇时，我们同时大叫了一声，但我发出的是恐怖的尖叫，而他发出的则是公牛般凶恶的咆哮。在同一时刻，他纵身扑了过来，而我则跳向船的另一边。我拔出手铳，扣动了扳机，但既没有发火，也没有声响，引信已经由于海水的浸泡而失效了。我一边暗暗诅咒着自己的疏忽，一边跳向支持后桅帆的绳索，急忙一节节地爬上去，直至坐上了桅顶的横桁。

　　汉兹吃惊而又失望地站在帆索旁，然后吃力地向上爬。我利用这个时间连忙换上了新的火药。"你再上来一步，我就把你的脑袋打开花！"我笑嘻嘻地说，他立刻停了下来，"好吧，我们还是讲和吧。"说着，他手一扬，一支东西箭一般地从空中飞过，我感到一阵剧痛，我连肩膀被钉在桅杆上了。下意识地，我的两只手铳同时开火，汉兹一声闷叫，掉进了水中。

　　幸好那剑仅仅是带住了我一小块皮，由于疼痛而发出的颤抖，使我摆脱了短剑的束缚。我滑下桅杆，将那早已死去的水手的尸体扔下海去，现在这只大船归我了。

大海退潮时，我精神焕发地朝木屋走去。当我终于来到栅栏外面的空地时，月光早已升得很高了。我谨慎地匍匐而行，一声不响地爬向屋角，一阵安稳的打鼾声传入我的耳鼓。这时我已经来到门边并站了起来。我准备睡到我的床上去，和他们开个玩笑。黑暗中，我的脚碰到了什么东西。

"是谁？"西尔维的声音吼了起来。

我转身要跑，猛地撞在一个人身上，弹了回来，接着第二个人一把抓牢了我。火炬点起来了，我悲哀地发现我落入了西尔维的手中，然而朋友们却一个也不见。到底是怎么回事呢？

"是你啊，吉姆，你的擅自出逃让你的朋友们很恼火，他们已经离开了你，并把地图和小木屋让给了我们，现在你就和我们在一起吧。"

"好吧，如果让我选择，我可得先给你们讲一两件事。第一，向医生报告你们阴谋的是我；第二，把那条帆船弄跑的也是我，是杀是留，你们自己决定吧。"

"杀掉他！"我的话引起其他人的叫骂声。

"住手！"西尔维喝道，"你们谁也不许碰他。他可以被留作人质。我这儿还有那张藏宝图，你们如果还想找到财宝，就得听我的。"

其余的人被震了下去，都不再说话了。

第二天清晨，我竟意外地见到了医生。他是来给患病的强盗看病的。临行前，我和医生在西尔维的监视下进行了一次谈话。我把我的所作所为告诉了他，医生原谅了我的冒失。听我说把那艘帆船弄到了手，他很吃惊，说我再一次救了大家的性命。接着，他警告西尔维不要太匆忙地去寻找那宝藏，然后就迈着轻快的步伐离开了。

吃过早饭，西尔维用一根绳子拴住我的腰，另一头牵在他的手中，其余的海盗们有的背着鹤嘴锄和铲子，有的背着食物，就这样，我们全体出发了。

按照地图上的标记和说明，人们都在寻找一棵"高树"。但高树到处都有，不知哪一棵才是地图上特别提到的。这时，我们来到了一棵相当高大的松树下，那儿躺着一架人类的骷髅。他的姿势很奇怪，其双足指向一个地方，两手却像投水的人那样，伸出在头上，指向相反的方向。"我想这是一个方向标，顺着它一直上去，就可以到达我们的目标，"西尔维说道："不过这个骷髅却使我想起当年埋宝的福林特船长，他曾带领六个人登上这个岛，然而却只有他一人返回船上，这会不会就是那六人中的一个呢？幸好老福林特也死了，如果他还活着的话，这个地方对我们来说就会是一个麻烦的场所，他也许会把我们也变成一堆白骨。"

西尔维的一番话弄得海盗们胆颤心惊，对那个死去的海盗的恐惧，沉重地压在他们心头。又走了不久，我们在一个高地上坐下来休息。突然，从我们前方的林中，传来一个窄细、高亢、颤抖的声音，它唱着一首海盗们常唱的歌。

"这是福林特！"一个海盗叫道，其余几个人的面孔也一下失掉了血色。

歌声像它突然开始那样又突然停止了，就像是有人掐住了歌者的脖子。紧接着，又远远地传来一声微弱的呼喊，它在群山中的回声就更微弱了。

"这是老福林特临死前说的，没错。"一个海盗喃喃地说，"这一定是他的鬼魂。"

"不可能，鬼魂怎么会有回声呢？我觉得这声音更像本·葛恩，对，就是他！"西尔维吼道。

很奇怪，这些海盗一听是葛恩的声音，脸色立刻恢复过来，而且又开始毫不犹豫地向前走去。不久，经过测量，人们认为作为标记的那棵大树已经出现在我们面前。当他们越走越近时，那些海盗的眼珠在眼眶里都燃烧起来了，他们的步伐变得轻快有力，甚至是猛地飞奔过去。

突然，他们在不到10码远的地方停了下来，发出一声低低的叫喊。西尔维三步并作两步，像着魔似地撑着他的木脚、拐杖赶上前去。接着，他和我也完全停了下来。

我们前面是一个大坑，它不是新挖的，因为它的边缘已经坍落，而且青草已在底部发芽。那里面，还有一根断作两截的铲子把。很清楚，宝藏已被发现和抢走，70万镑已不翼而飞了。

西尔维第一个从呆怔中清醒过来，他递给我一支手铳，带着我悄悄地挪到坑的另一边。这时那几个海盗感到好像受到了欺骗，他们叫喊着，准备发动一次冲击。但正当这时——砰！砰！砰！三发火枪子弹从灌木丛中射出来，一个海盗应声滚入坑中，另一个也直挺挺地倒在一旁，其余的三个转身没命地逃跑了。紧接着，医生、葛恩等人从灌木丛中走了出来。"赶快，我们必须截断他们到快艇的去路。"医生喊道。

其实根本用不着追赶，那三个幸存者跑错了方向，正远离快艇呢。

在我们悠闲地下山到停船处去的路上，医生用不多的话叙述了发生时事。本·葛恩长时间一个人在岛上各处漫游，在这当中，他发现了那架骷髅。挖出了那些宝藏，并经过多次艰苦的跋涉，把这宗宝藏藏到了这个岛屿东北角的一个岩洞里。这是我们的船来前两个月的事。

当医生从葛恩处得到这个秘密后，就将那张已经无用的地图送给了西尔维，换得一个撤出木屋的机会，然后搬到了葛恩的山洞里。那天早晨，他发现我落入了西尔维的手中，于是他连忙奔回山洞，带上葛恩等人，取对角线的方向穿过岛屿。他让葛恩先赶到前面，利用他旧日同伙们的迷信。拖延西尔维等人的行动，使得医生等人能抢在寻宝者之前就到达了那里并埋伏好了。

一路顺利，我们全体也带着西尔维，平安到达了葛恩的岩洞。休整之后，就开始往希斯潘纽拉号上搬运大量的黄金。几天后的一个早晨，我们起锚了，驶出了北海湾。

我们的人员是如此缺乏，于是我们把船驶向西属美洲最近的港口，因为我们不敢在未添人手的情况下冒险返航。对于西尔维我们是完全任其自由的，但他很清楚摆在自己面前的会是什么样的下场，所以在忍受着人们的轻蔑，不知疲倦地向所有的人讨好的同时，也在窥伺逃跑的时机。在一个风光明媚的日子里，我们在一个内陆港抛了锚。医生和乡绅带我到岸上去欣赏一下那里的美景，待我们回到希斯潘纽拉号上时，已是次日清晨了。

本·葛恩一个人在甲板上，脸上带着一种奇特的愁容，开始向我们供认。西尔维已经逃走了，同时他还偷走了一大袋钱币，作为他以后流浪生活的费用。我想我们也全都为如此容易地摆脱了他而感到庆幸。

后来，我们又招募了几个人手上船，平安地返了航。每个人都分到一份丰足的财宝。按照各人的天性，有的花得明智，有的花得愚蠢。而关于西尔维，我们再也没有听到他的消息。这个可怕的独脚海员终于完全从我的生活中销声匿迹了。

还有一些财宝，至今仍留在福林特所埋的那个地方。就我个人来说，还是让它们就留在那里吧。任何力量也不能再把我拖回到那个可诅咒的岛上去了。

（吕爱丽　缩写）

汤姆·索亚历险记

〔美国〕马克·吐温　原著

　　汤姆·索亚是一个捣蛋和顽皮的孩子，模范儿童的称誉与他毫不沾边。他经常逃学，而且玩得很痛快。在家里，尽管波莉阿姨管教严格，但仍无济于事。这很令她伤脑筋但又无可奈何。

　　这一天，汤姆吹着刚学会的带有新花样的口哨，迈着大步沿街走着。碰到一个陌生的男孩，那考究的穿着令衣服寒伧的汤姆嫉妒得要命。他想捉弄一下这个男孩子。

　　开始是互相逗嘴，尔后是吵闹，最后两人打在一处，胜负很快见出分晓，汤姆骑在新来的男孩子身上，用拳头狠狠地打他。

　　那天晚上汤姆回家很迟。他的姨妈——波莉阿姨在等候着他。一看他的衣服弄成了那个样子，她原来打算在星期六的假日把他扣留下来做苦工的决心，就成为坚定不移的主意了。

　　星期六早晨来到了，空中弥漫着花香，整个村庄像梦一般的境界，安闲而诱人。汤姆出现在人行道上，手里提着一桶灰浆，拿着一把长柄的刷子。他把围墙打量了一番，满心的欢乐都跑掉了，生活简直成了一种负担。

　　刷了一会，他就在一只木箱上垂头丧气地坐下了。正在这时，贝恩·

罗杰和村里的孩子们向人行道靠拢来。汤姆连忙继续刷墙，装作没注意那些孩子，仿佛饶有兴趣地干着手中的活。

贝恩站在汤姆身旁，仔细看着他的一举一动，越看越感兴趣，越聚精会神了。后来他说："汤姆，让我来刷点儿看。"

"不行——"汤姆说，"贝恩，你要知道，波莉阿姨对这道墙可是讲究得要命，你能把它刷得让波莉阿姨满意吗？"

"嘻——真的吗？没事的，让我试试吧。"贝恩说着，"我把这苹果给你！"

汤姆把刷子递给贝恩，心里快活极了。他大口地嚼着苹果，同时盘算着宰割别的小傻子。在贝恩累得不行了时，汤姆已和别的孩子讲好了买卖，把接替的机会让给下一个。

就这样，替伴一个接一个，围墙上刷了三层灰浆！当汤姆出现在波莉阿姨面前，告诉她围墙全都刷好了时，波莉阿姨不太相信，她亲自去看，才发现这是真的。

波莉阿姨把汤姆带到小套间里，挑了一个最好的苹果给他，汤姆趁她不注意，顺手偷了一块油炸饼。

星期一早晨，汤姆·索亚心里很不痛快，因为那又是一个星期在主日学校慢慢受罪的开始。他躺在床上，忽然起了一个念头，希望自己有病，那样他就可以待在家里不去上学。他把周身检查了一遍，并没有发现什么毛病，于是他只得打消了这个念头。

汤姆只好吃完饭去上学。不久他碰见这村子里的流浪儿哈克贝利·费恩。汤姆很羡慕哈克贝利逍遥自在的生活，能够自由自在地来来去去。

他们俩说了一会儿话。这样汤姆上学就迟到了，老师坐在大扶手椅上，他高声问汤姆："汤姆·索亚，你怎么又迟到了？"

"我碰见哈克贝利·费恩，站住跟他说了几句话。"汤姆小声说着。

"汤姆·索亚，鉴于你经常迟到，光打手心是不行了，把上衣脱掉吧。"老师说完，举起树枝条子向汤姆打去，一直打到胳臂都累坏了。然后跟着又是一道命令："好吧，你去跟女生坐在一起，这算是给你一次警告。"

传遍教室的窃笑声让汤姆脸红了，他朝一个女孩子旁边的空座位走去。那女孩是班上新来的。大家的注意力渐渐离开了汤姆，汤姆随即偷偷地拿眼瞟那女孩。发现女孩出奇的漂亮。

汤姆开始在石板上画图画，左手遮住他画的东西。女孩开始不理会，最后迟疑地说："让我看看吧。"汤姆把画面的一部分漏出来，这姑娘的兴趣开始专注在这图画上面，也就把其他的事情忘记了。

"啊，真是太好了，"女孩仔细看着汤姆画完的图画，高兴地说："我希望我也会画才好。"

"那并不难，"汤姆小声说，"我可以教你。"

汤姆知道了女孩名叫贝奇·隆契尔，是法官隆契尔的女儿。他们俩聊得挺投机，于是便成为好朋友。

那天晚上9点半钟，汤姆照例又被大人吩咐着上床睡觉去了。他睁着眼睛躺在床上，心里直着急。原来白天他和哈克贝利·费恩约定，晚上11点到荒郊的坟场去，因为这段时间据哈克说那里闹鬼。汤姆虽然有些害怕，但勇于冒险的愿望占据了他整个的心。

黑暗中，一切都毫无动静，汤姆简直难受到了极点，觉得时间已经终止了似的。还好，时钟敲了11响，他连忙穿好衣服。同时，他听见一阵猫叫的声音——哈克的暗号。汤姆从厢房顶上爬出来，跳下围墙，和哈克一同走开，在黑暗里不见了。

半个钟头后，他们就在坟场中穿过深草往里面走着。一阵微风在树木当中吹得低声地叫，汤姆想恐怕那是死人的阴魂在抱怨他们不该来打搅。他们找到了一个隆起的新坟堆，在附近三棵大树的庇护下，隐藏了起来。

过了好久，坟场里老远的那一边传来一阵沉闷的声音。两个孩子低下头来靠在一起，几乎停止了呼吸。有几个模糊的影子从黑暗中走过来了，手里摆动着一只老式的洋铁灯笼。哈克打了个冷战，悄悄地说："那就是鬼，准没错。老天爷，我们完蛋了，汤姆！你还能祷告吗？"

"我来试试，千万别害怕，他们不会伤害我们的。"但汤姆刚开口要祷告，哈克又说："他们是人呀！我听见一个是莫夫·波特的声音。"

"是真的吗？嘿，哈克，我又听出他们其中一个好像是印江·乔埃的声音。"汤姆说。

"不错——这个杀人不眨眼的杂种！他们来干什么呢？"

三个人走到新坟那儿，在这两个孩子隐藏的地方几尺以内站住了。第三个声音说了几句话，原来他就是年轻的鲁宾逊医生。他们开始用铁锹挖那座坟墓。过了一段时间，他们挖出了棺材，把尸体抬出来，放在一辆手推车上，盖上了毯子，并且拿绳子捆住了。

"现在这东西弄好了，大夫，你得再拿出五块钱来才行。"波特对鲁宾逊医生说，印江·乔埃也在一旁附和着。

"你瞧，这是怎么说的？"医生说，"你们叫我先给钱，我已经给过了。"但是印江·乔埃已把拳头伸出来，威胁着他，医生伸手把这个坏蛋打倒在地下，一旁的波特扑过来，和医生扭打起来。

印江·乔埃飞快地站起来，想找机会下手。后来医生抓起一块木牌子，把波特打倒在地。印江·乔埃趁此用刀扎进医生的胸膛。医生身子倒在波特身上。他的血流得波特满身都是。乌云遮住了这个惨象，那两个吓坏了的孩子就在黑暗中连忙跑开了。

随后月亮又出来时，印江·乔埃搜出医生身上的东西，把那行凶的刀放在波特摊开的右手里。一会儿，波特醒了过来，他的手抓住那把刀，吓得打了个冷战。他的眼光和乔埃的碰在了一起。

"这事儿真糟糕，你干吗来这一手？你瞧，这可是赖不掉的！"印江·乔埃说。

"啊，我根本不知道自己干些什么事，反正是因为喝多了酒，乔埃，你可别跟人家说呀！"可怜的家伙在凶手面前跪下来，央求着他。

得到了印江·乔埃的许诺，莫夫·波特怀着恐惧的心跑开了。印江·乔埃阴险地笑起来。以后，这里的一切又恢复了沉寂。

第二天中午时分，全镇突然传遍了那个可怕的消息。被暗杀的人身边发现了一把带血的刀，有人认出这是莫夫·波特的，看来他就是凶手，镇上还派了一些骑手追捕他，执法官深信天黑前一定可以把他捉回来。

全镇的人都向着那坟场流水似的涌去。汤姆和哈克也在其中。但他们的脚发颤起来，因为他们瞟见了印江·乔埃那副冷冰冰的面孔。正在这时，人群中有人嚷道："莫夫·波特，他来了！"只见执法官揪着波特的胳臂，从当中走过来。

波特双手蒙着脸，他哭着对人们说："不是我干的，朋友们，我赌咒。"说着他抬起头来，向周围张望，他看见了印江·乔埃，于是大声喊道："啊，印江·乔埃，跟他们说吧，反正再也瞒不住了。"

印江·乔埃站上前，滔滔不绝地说了一大篇从从容容的谎话。哈克和汤姆目瞪口呆地站在那儿，他俩真盼望在这个骗子头上出现一阵晴天霹雳。这两个孩子本来有一种摇摆不定的愿望，想站出来去救那个被陷害的人，可是他们对那个好像投靠了魔鬼的印江·乔埃充满了恐惧，便只得忍受着良心的折磨。

汤姆·索亚早已厌倦了上学，在家淘气受到姨妈的责备，到学校女孩贝奇又不愿理他，汤姆又离开了学校。他忧郁而绝望地走在一个草场巷里，学校上课的钟声在他耳朵里隐隐约约地响着。正在这时候，他遇到了他的知己朋友。乔埃·哈波不消说，他俩是一对"志同道合"的朋友——乔埃·哈波因逃学挨的鞭子并不比汤姆少。

汤姆诉说他决计要到天南地北到处游荡，逃脱家里和学校里这种死板的生活和没有同情的环境，永远不回来。乔埃原来也正是为向汤姆提出这么一个主意，特地来找他的，他们商量来商量去，最后下定决心，去当海盗。于是他们选定了几乎荒无人烟的杰克逊岛作为秘密聚会之所。至于他们的海盗行动究竟以谁为对象，那是他们根本没有想过的。

哈克贝利·费恩也加入了他们的这一帮。"海盗们"约定在半夜携带好物品出发。他们乘坐着偷来的小木筏，向杰克逊岛划去。

不用说，这种自由自在的"海盗"生活正称他们的心意。在岛上的密林里，小伙伴们搭起了帐篷，点起营火，分享着野味。他们干了这一着，觉得心满意足，非常痛快。

接下去就是作探险的旅行。他们看到了许多可喜的东西，可是并没有什么令人惊奇的，他们倒是几乎每个钟头都游一回水。游累了就在阴凉地方躺下来谈话，可是谈着谈着就泄了气。周围的寂静、森林中笼罩着的严肃气氛，对这几个孩子的情绪渐渐起了作用。有一种说不出名目的渴望使他们心里发痒——原来是正在萌芽的想家的毛病。

天色渐晚的时候，海盗们回到了宿营地。他们捉了些鱼，作为晚饭吃了。望着营火，兴奋的心情消失了，他们渐渐觉得烦恼和不幸，不觉叹了一两口气。后来乔埃胆怯地拐弯抹角，试探另外那两个孩子的意思。汤姆及时地嘲笑了他一番，哈克也附和着汤姆，于是那个动摇分子很快就替自己做了"解释"。这个海盗帮里的"叛乱"总算暂时平息下去了。

哈克和乔埃先后进入了梦乡，汤姆却毫无睡意，他爬起来，在火旁边跪下，吃力地用红赭石在树皮上刻上一些字，放在乔埃的帽子里，然后他踮着脚尖悄悄走出去，来到了沙洲的浅水滩上。

汤姆来到村镇的对岸，看见渡船停在树影下面和高高的河岸边上。他乘人不注意，偷偷爬到船尾的小艇里，随着最后一班渡船溜回了村镇。

汤姆飞快地穿过一些冷落的小巷，不久就到了他姨妈的后围墙下。从窗户往里望，屋里波莉阿姨、乔埃·哈波的母亲，正在一起谈话。她们俩伤心地哭一会，谈一会，连汤姆也大大地受了感动。

汤姆从那些东一句西一句的谈话中听出，大家认为孩子们游泳时淹死了。否则最迟到天黑他们熬不住饥饿，就会回家。要是直到星期天始终找不到尸体，大家就不会再存在任何希望，那天上午就要在教堂里举行丧礼。

汤姆听着就发抖了。哈波太太带着哭声道了晚安告别走了。汤姆连忙躲到一棵大树下。

汤姆回到两伙伴身边时，天已经快亮了。孩子们起劲地吃着早餐，听汤姆叙述他回家的经历。他把事情的原委说完后，他们几个人就觉得成了一伙洋洋得意、自命不凡的英雄。

可是过了不多久，孩子们想家的毛病又犯了。哈克和乔埃垂着脸，要收拾行装回家。汤姆也觉得这个玩笑开得太大了，让大伙儿差不多受了一个星期的罪。于是，他和两个海盗弟兄一同回家，赶在星期日上午参加他们自己的丧礼。

星期日上午，主日学校下课后，教堂的钟不像平日那么响，而是缓缓地发出报丧的声音。村里的人们开始集合，谁也想不起这个教堂里曾经在什么时候像今天这样满座过。

经过一阵默默祈祷的沉寂，其中间或夹杂着一些憋不住的低泣声，牧师开始做祷告。他在叙述着一番凄楚动听的话的时候，会众和服丧的人们悲恸的哭泣声混成了一片。

教堂的门不知何时打开了，牧师抬起眼睛，大吃一惊地呆立着！于是一双双眼睛跟着牧师的视线望过去，然后会众突然一致地站起来，瞪着眼睛望着那三个死了的孩子顺着过道走过来。他们原来是躲在那空着的楼座里，听着追悼他们自己的布道词呢！

波莉阿姨和哈波夫妇一下子向两个复活的孩子扑过去，吻得他们透不过气来。同时尽情地倾吐了许多感恩的话。人们对哈克也表示亲切的关怀。

忽然牧师高声大嚷起来："普天之下，万国万生，齐声赞美，唱吧，大家要热心地唱呀！"

大家热心地唱了。在歌声震动屋梁时，海盗汤姆向四周张望着，看见身边那些羡慕他的小伙子们，他觉得这是一生最得意的时候。

以后的日子，汤姆·索亚便又不情愿地到主日学校上课。那个美丽的女孩子——贝奇·隆契尔很钦佩汤姆的冒险，她要求汤姆以后如有行动，也带她去。

可怜的姑娘，她还不知道自己马上就要大祸临头哩。校长杜平先生存一本神秘的书，他常老是把那本书锁在书桌里的。学校没有一个孩子不想得要命，老希望能看它一眼，可是始终没有机会。校长的书桌离门口很远，有一回贝奇从那儿走过的时候，居然发现钥匙放在锁里！她看见没有别人，马上就把那本书拿到手里了。

正在这时候，汤姆·索亚走进门来了，贝奇连忙把那本书扯了一下。可是不幸把里面的书页插图撕了。她把书扔到书桌里，锁上抽屉，又羞又气地哭起来，怂怂地跑到教室外面去了。汤姆被她搞得不知所措，望着女孩子的身影发呆。

上课了，空中充满了嗡嗡的读书声，令人困倦。杜平先生打了个呵欠，开了书桌的锁，伸手去取那本书。大多数学生都无精打采地抬头望着，可是其中有两个却以专注的眼睛仔细看着他的动作。

老师把书揭开了，随即就正视着全班学生，他开口问谁撕了这本书。一个又一个地轮下去，等轮到贝奇·隆契尔时，汤姆不知哪来的勇气，他猛一下站起来，大声嚷道："是我干的！"

当然，无庸表白的是，汤姆一声也不叫，接受了一顿最无情的毒打。但他心中却被这个举动的光荣所鼓舞着。他看到了贝奇闪射到他身上的惊奇和感激的神情，似乎足够抵偿他挨打的痛楚。晚上睡觉时，他耳朵里还有贝奇的一句话在回荡着："汤姆，你怎么这么了不起呀！"

　　那桩拖延已久的谋杀案终于开庭审理了。全镇的人都拥到法院去。莫夫·波特戴着镣铐被押进来了，他坐在全场好奇的眼睛都能望得见的地方，印江·乔埃也是同样的显眼。

　　执法官宣布开庭。几个证人先后出庭证明莫夫·波特的犯罪证据，而莫夫·波特的律师却对此没有提出质问。而等到追诉方面的律师说出本案到此终止提供证据的时候，被告的律师站起来说道："庭长，我的见解改变了，我申请撤回那个关于我的委托人因为酗酒而盲目杀人的辩诉。现在请汤姆·索亚到庭！"

　　全场的人都以惊讶的神情盯着汤姆。这孩子因为受惊吓而有些不知所措，以至于过了一会儿，才回答法官的提问。

　　开始时，印江·乔埃对于汤姆的叙述，脸上飞快地闪过一阵鄙视的微笑。可接下去，汤姆在法官的鼓励下说出真相时，印江·乔埃惊讶得脸有些发白了。最后，汤姆把郁积在心中的愤怒憋到极点，而说出结论性的话时，印江·乔埃像闪电一样，飞快地从窗户里跳了出去，冲开阻挡他的人，跑得无影无踪了。

　　汤姆又一次成了一位金光闪闪的英雄——为年长的人们所宠爱，为年轻的人们所羡慕。他的名字甚至获得了不朽的流传，因为镇上的报纸把他大大宣扬了一番。

　　每个生得健全的男孩子的一生中，总有一个时期，他要起一种欲望，想到什么地方挖掘埋藏的财宝。有一天，这种欲望忽然来到汤姆心头。他找到哈克，推心置腹地商谈了这桩事情，哈克也很愿意。

　　选择哪里动手呢？两个孩子来到一棵榆树底下，干了半个钟头，累得直淌汗，可是毫无结果。哈克把铁锹丢在地下，他对这盲目的挖掘失去信心，汤姆忽然提议要到那所闹鬼的房子里去试试。

　　星期六下午，两个孩子走到那闹鬼的房子时，一种凄凉和荒废的气氛有些令人感到沉重，他们悄悄地走到门口，打着哆嗦往里面窥探了一下。

随即壮着胆走了进去，屋里一派凋零破收的景象。他们往楼上走，在一个角落里发现一个壁橱，似乎有些秘密，可是里面什么也没有，这个希望也落了空。

他们的勇气已经高涨，正想下楼，到地板下挖掘，可是汤姆却制止了这个行动，他听见了响动，接着又有人的说话声传过来。两个孩子扑在楼板上，在那儿等着，简直恐惧得要命。

透过楼板的木节眼，他们看见两个大人进来了。一个是近来在镇上露过几次面的西班牙老头，另一个穿着破烂，戴着一副眼镜。一听他的说话声，孩子们开始发抖了，原来是印江，乔埃！

那两个人拿出食物吃了一顿。然后西班牙老头往屋子对面走过去，把后面的炉边石头取下一块，拿出一口袋银钱，他取出一部分，把口袋送过去交给乔埃，这时候乔埃正跪在一个角落里，用他的猎刀挖着。

两个孩子心中的恐惧减轻了一些，但仍屏息静气地望着下面的每一个动作。只见乔埃的刀不停地挖下去，停了一会儿，好像是挖到了一个东西，他招呼同伴帮忙，那个西班牙老头把两个孩子放在门口的铁锹拿过来。两人一齐动手，那件东西被掘取出来了，是一只箱子。

乔埃打开箱子，两个人顿时把眼睛睁大了。楼上的两个孩子定眼细瞧：原来里面装满了钱币。西班牙老头主张再把箱子埋起来，日后再取。乔埃开始也同意，但他看见一旁的铁锹，顿时起了疑心，他问铁锹是哪里弄的，并主张到楼上去看一看。

那两个孩子吓得简直要断气了。乔埃向楼梯走去，没走几步，腐朽的木头折断了，乔埃摔在地下。看来楼上不能有人，两个人在暮色中溜出去，带着箱子往河边走了。

那天夜里，白天的历险经过大大地侵扰了汤姆的梦境。他有几次伸手抱住了那份丰富的财宝，但是醒过来，都是两手空空，财宝化为乌有。

星期五早上，汤姆听到隆契尔法官回到镇上来了。贝奇缠着她的母亲，让她约定第二天举行拖了很久的野餐，母亲同意了。太阳落山前就发出了请帖，村里的年轻人纷纷做着准备。

第二天上午，一群孩子整装待发。隆契尔太太嘱咐贝奇，如果晚回来，最好住到同学家里。然后欢欢喜喜的孩子们背着食物，排着队往大街上走去了。

渡船在离村镇下游三里远的山谷口停住，靠了岸。不久树林中和巨崖上都响遍了孩子们的嚷笑声。一切把人累得精疲力尽的玩耍方式都玩过了，然后回到露营地，胃口大开地扫荡那些美味食品。

饱餐一顿后，大家就在树荫下畅快地休息和畅谈了一阵。有人嚷叫着："谁愿意到洞里去玩？"大家便蹦蹦跳跳地爬上山去。洞口在山腰上面，里面有一个小房间似的石窟，四周是坚硬的石灰石墙壁。

通过石窟，大家排成纵队，点着蜡烛，顺着主要通道的陡坡前进。据说这个洞错综复杂，过道互相交叉，又互相分开。在裂口和崖缝中一连走几昼夜，始终找不到洞的尽头。大多数年轻男子们仅能熟悉洞里的一部分。

游洞的行列顺主道走着。渐渐地对这个境界产生的感染力消失了，又顽皮地嬉闹起来。玩捉迷藏的游戏开始了。大伙分成一群群一对对，往旁边分岔的支道里跑去。分开的小队可以互相闪避。

半小时后，一群群的人七零八落地回到洞口来，喘着粗气。浑身滴满了蜡油，蹭满了黏土，大家对这一天痛痛快快的玩耍感到十足的高兴。想不到晚上快到了，渡船载着乘客们往回驶去。

忽然有个小伙伴想向这次旅行的发起者贝奇开个玩笑，可左寻右找不见踪影，大家仔细清点人数，又发现汤姆也不在。不由惊慌起来，便火速划船，回家报告。

那么汤姆和贝奇两人到哪儿去了呢？原来当孩子们捉迷藏时，他们俩也都热心地参加了。直到后来因为玩得太起劲，渐渐感到了厌倦，他们俩就随便顺着一条弯弯曲曲的道路往前走。

汤姆和贝奇举着蜡烛，在洞里东转西转，钻进秘密的深处，用烟熏着记号，作为引路标志。他们来到一个流着泉水的石窟中，四壁支撑的柱子是由钟乳石和石笋连接成的。他们正在欣赏，却遭到石窟顶上的一群蝙蝠的侵袭，蝙蝠翅膀扑灭了他们的一支蜡烛。

摆脱了这些危险的东西，汤姆和贝奇穿过一条通道往前走，每逢有个新出口就要瞄一眼，可是一次次的失败使他们越来越失望。贝奇怀着恐惧的痛苦心情，贴在汤姆身边，极力止住要溢出来的泪水。虽然汤姆嘴上说"没关系"，可是心里却有一种沉重的恐怖，以致声调也有些变音。

汤姆吹灭剩下来的蜡烛，以节约光源。他们吃了点东西，坐下来捶打着麻木的肢体。贝奇啜泣起来，但由于过度的疲劳压迫着她，她偎依在汤姆怀里睡着了。

镇上的人们听了孩子们的报告，连忙组成百十人的队伍，由大路和河里向石洞那边蜂拥而去。整个沉闷的一夜，镇上老在等待消息，可是探寻令人失望。

三个可怕的昼夜熬过去了，一批又一批的累得要命的人回到村里来。隆契尔太太几乎神经错乱了，波莉阿姨也是一样。

星期二那天半夜，村里的大钟忽然响起来，有人大声嚷叫："快出来！找到他们了！"人们衣服也没有穿齐，便聚集成一堆向河边跑去，迎接那两个坐在一辆敞车上的孩子，人们不由欢呼起来。波莉阿姨和隆契尔太太高兴到了极点。

汤姆躺在一张沙发椅上，身边坐着许多热心的听众，他叙述着这次稀奇的历险经过。最后描述了他离开贝奇，独自去探路，他牵着放风筝的绳子往前走，瞄见了老远一个发亮的白点，他摸索着向小点走过去，用头和肩膀钻出一个小洞，看见宽阔的河水在滚滚流着！然后他顺着绳子回去找贝奇，钻出洞眼，一只小船正巧路过，搭救了他们。

汤姆从洞里得救后，大约过了一个星期，去看望贝奇。隆契尔法官的一个朋友问汤姆是否打算再到洞里去，没等汤姆回答，法官就说：

"我看毫无问题。可是我已经用铁板把洞口的大门钉死了，还上了锁。这样谁也不会再在洞里失踪了！"

"啊——钉死了？"汤姆惊叫着，"法官，印江·乔埃在洞里哪！"原来汤姆独自探险时，摸黑向前走，在一个岔道里，他看见印江·乔埃举着蜡烛在走动。

几分钟之内，消息就传出来了，人们乘坐小艇向洞口划去。洞口打开时，一幅悲惨的情景在暗淡的光线下呈现出来。印江·乔埃伸直身子躺在地下，已经死了。猎刀放在身边，刀刃已经裂成两半。人们把他埋藏在洞口附近，周围七里内的人成群结队地到那儿来，看到乔埃这个杀人犯下葬，差不多和看着他被处绞刑一样痛快。

印江·乔埃埋了之后的那天早晨，汤姆和哈克准备好物品，又从那个只有汤姆知道的小洞口进入洞里，凭着记忆，汤姆和哈克来到遭遇印江·乔埃的地方。搜索良久，终于在附近一个平台上发现了那一箱财宝，费了好大力气，他们俩才把它抬回小镇。

汤姆和哈克发了意外横财的消息在小镇引起了一阵大大的轰动，大家都谈论着这个奇闻，对它表示羡慕、称赞不已。两个孩子无论在什么地方出现，都受到人们的重视，镇上的报纸还发了两个孩子的小传。

隆契尔法官对汤姆非常器重。他说一个平凡的孩子绝不能把他女儿从洞里救出来，他希望汤姆将来能成为一个大律师或著名军人，并打算送汤姆到最好的学校去受教育。

汤姆经过几次历险，他觉得自己长大了，应该像大人那样，好好干一番事业。当贝奇把从爸爸那里听到的好消息告诉他时，汤姆高兴地笑了。

（邱纯义　缩写）

六千里寻母记

〔意大利〕亚米契斯　原著

几年前，有个工人的13岁儿子，曾经单独从意大利的热那亚到南美洲去寻找母亲。

这少年的父母遭到了种种不幸，欠了许多债。母亲想方设法要赚些钱，所以在两年前，到遥远的南美洲去做女仆。这位苦命母亲跟她18岁和13岁的两个儿子分别时，悲痛地哭红了眼睛，最后还是忍心勇敢地去了。

通过一个堂弟的介绍，母亲在阿根廷首都布宜诺斯艾利斯市的一家上流人家做女仆。在初到那里时，由堂弟转交的信常寄到家里来，并且每隔三个月把工资寄回故乡一次。

一年过去了。母亲自从来过一封短信，说她有点不舒服，以后就没有消息了。全家人开始不安起来，寄给母亲主人家的信，也是音讯皆无。

又过了几个月，仍旧石沉海底，没有消息。父子三人没有办法，小儿子尤其惦记得几乎要病了。有一天，小儿子玛尔可脸上现出下了决心的样子；"我到美洲寻找妈妈去！"

父亲悲哀地摇摇头。但玛尔可坚决不放弃这主张，他用沉着的神情说出他可以去的理由。懂事的程度正像大人一样。

"别人不是也去得吗？只要下了船，就会和大家一同到那里的。然后找到堂叔的住所，等找到堂叔，不就可以找着母亲了吗？无论遇到怎样的困难，只要肯劳动，路费是用不着担心的。"

父亲踌躇了一会儿，就答应了玛尔可的要求。他托一位朋友弄到一张到阿根廷的三等船票。到了出发的日子，父亲替他包好衣服，凑了几块钱给他，又写了堂弟的地址。玛尔可上了船，他听见父亲的声音："玛尔可，去吧，不要害怕！"

可怜的玛尔可眼看着故乡在水平线上消失了，只看见汪洋大海，船上又没有相识的人，不觉伤心地暗暗哭着。开头的两天什么东西也吃不下，心里像潮水一样翻腾，想起种种事情来。船过直布罗陀海峡，出了大西洋，玛尔可才略微增加了勇气和希望。

天气渐渐热起来，周围出国去的工人们的可怜样子，和自己孤独的处境，又使他心上重新罩上一层暗云。热带地方的落日像火焰和鲜血一样，夜里，海面漂满了粼光，正像火山口上的样子。有些时候，那静寂的海变成了黄色，热得像沸腾了似的，他就觉得疲倦无聊。"不知哪一天才会走到海洋的那一边呢！"

玛尔可常常靠着船舷，一连几个钟头呆呆地望着海洋，一边想着母亲。往往不知不觉地闭上眼睛做起梦来，不久便被噩梦惊醒过来，仍旧对着水平线像做梦似的空想。

船上的航程连续了27天。到了最后一天，天气很好，凉风拂拂地吹着。玛尔可在船上和一个老人熟识了。这个老人到美洲去看儿子。玛尔可和他谈起自己的情形，老人非常同情。有了这个同伴，玛尔可精神也就好了些，觉得自己的前途是有希望的。在美丽的、有星星和月亮的夜晚，甲板上聚集着许多工人，他夹在里面，靠着那吸着烟的老人坐下，心中充满了说不出的情感。于是他掏出胸前的一个画着母亲像的牌子来吻，低声说些温柔的话。

轮船终于在阿根廷首都布宜诺斯艾利斯港口下锚了，那是5月里阳光很好的一个早晨。玛尔可高高兴兴地忘了一切，只希望母亲就在附近几里以内的地方，再过几个钟头就可以见面了。乘船的时候，为了提防遇到小偷，他把身上的钱分作两份藏着，今天摸摸口袋，一份已经不知什么时候不见了。他也并不十分在意，怕什么呢，立刻就可以见到母亲了。玛尔可提了衣包，随着大批的意大利人下了船，和那亲切的老人告了别，大步向街上走去。

到了街上，他向过路人问亚尔特斯街在哪儿，那人恰巧是个意大利工人，向玛尔可打量了一会儿，指着自己走来的那条街说：

"向那条街一直走过去，转弯的地方都写着街名，一条街一条街看过去，就会走到你要去的那个地方了。"

玛尔可道了谢，依着那人指出的方向走过去，他很注意地把街名一个一个读过去，有的街名很奇怪，非常难读。碰见女人他都很注意地看，只怕她或许就是母亲。

玛尔可急急地向前走了又走，到了一个十字街口，他看了街名，原来这就是亚尔特斯街了。堂叔的店址是175号，他急忙跑到了175号门口，定一定神，自言自语地说："妈妈！居然就可以见面了！"他走拢去，进了店门，里面有一个戴眼镜的白发老妇人。

"孩子！你要什么？"她用西班牙语问。

玛尔可几乎说不出话来，振作起精神才问：

"这是勿兰塞斯可·牟里的店吗？"

"勿兰塞斯可·牟里已经死啦！"妇人改用意大利话回答。

"几时死的？"

"好些日子了，大约三四个月以前吧。因为生意不顺，逃到别处去了，据说到了一个叫勃兰卡的地方，不久就死了。"

少年的脸色苍白了，急忙说：

"勿兰塞斯可，他是知道我的妈妈的，除了他，没有人知道妈妈在哪里，我无论如何非找着我的妈妈不可！"

"可怜的孩子！我不知道她在哪里。哦！附近的孩子可能认识替勿兰塞斯可送信的青年。问他或者可以知道一些。"

说着她走到店门口，叫过一个孩子来：

"喂，你还记得在勿兰塞斯可家里待过的那个青年吗？"

"记得。他把信就送到美贵耐治先生那里去。美贵耐治先生就在亚尔特斯街的尽头。"

玛尔可兴奋地跟着那个孩子像跑一样地走到街的尽头，到了一所白色的小房屋门口。玛尔可按了门铃，一个青年女人从里面出来。

"美贵耐治先生住在这里吗？"他很不安地问。

"以前是住在这里。他到哥尔多巴去了。"

"哥尔多巴在什么地方？我的妈妈——他们的女仆，也被带去了吗？"

"我不知道，爸爸可能知道。你等一等。"不一会儿，一个白头发的高个子老先生出来，他用不太纯粹的意大利话问：

"你妈妈是热那亚人吗？"

"是的。"玛尔可回答。

"她跟美贵耐治先生一同去了哩，我知道。他们到哥尔多巴市去了。"

玛尔可叹了一口气又说："那么，我就到哥尔多巴去！"

"唉，可怜的孩子！这里离哥尔多巴有好几百里路呢。"老先生自言自语说。

玛尔可听见这话，几乎急死了，一手攀住铁门。

老先生被同情心激动了，开了门。"请到里面来！让我想想办法。"

老先生思索了一会儿，就在桌上写信，封好了交给玛尔可说：

"拿了这封信到勃卡去。去找这信封上写的这位先生，他明天就会送你到罗隆利俄去，把你再托给别人，设法使你一定能到哥尔多巴。还有，这也拿了去。"说着他拿一些钱塞在玛尔可手里，又说：

"去吧，大胆些！无论到什么地方，本国人很多。怕什么！"

玛尔可不知该怎样道谢才好。他提着衣包出来，转过宽阔而喧闹的街道，向勃卡出发。

那一夜，他就在勃卡的小客店里和泥水工人一同住了一宿。第二天晚上，他乘上了开往罗隆利俄去的船。水手的本乡口音，使他心中得到一些安慰。

船日夜不停，沿着巴拉那河逆流而上，有时候绕过长长的岛屿，有时候穿过狭窄的运河，有时候又驶过寂静的、一片汪洋的湖面。走了好久，忽然又曲曲折折地绕过岛屿，或是穿过树林，一转眼，周围几里之中又是一片静寂，只见荒凉的陆地和水，它们竟像是从没有人知道过的地方。这小船好像在探险似的。

玛尔可和水手一天吃两次小面包和咸肉。水手见他很忧愁，也不和他谈说什么。他心中常常反复地念着哥尔多巴，觉得这好像是小时候在故事中听见过的魔鬼住的地方。

有一夜，一个水手唱起歌来，他听了这歌声，记起了小时候母亲哄他睡觉唱的儿歌。他听了水手的歌就哭了，水手停止了歌唱，说：

"振作起来！热那亚男儿虽然到了外国，可是会哭的吗？热那亚男儿应该无论什么地方都挺起胸膛。"

在黎明时分，船到了罗隆利俄市。那是一个寒冷的早晨，玛尔可一上陆，就提了衣包，去找勃卡的那位先生给他介绍的当地的一位先生。走在罗隆利俄的街上，他乱撞了一个钟头光景，转过不知几次弯，问了好几次路，总算找到了那位先生的住所。

一按门铃，里面出来一个侍者样子的恶相的胖子，用外国语的调子问他来这里有什么事情。他听到玛尔可说要见主人，就说：

"主人不在家。昨天和家人一同去布宜诺斯艾利斯了。"

"但是我——我这里没有别的亲人！"说着，他把带来的介绍名片交给他，侍者接了，恶恶地说：

"主人过一个月就回来的，到时替你交给他就是了。"

"但是我只有一个人，怎么办呢！"玛尔可恳求似的说。

"你们国家的人不是有很多人在罗隆利俄吗？如果要讨饭，到意大利人那里去吧！"说着他就把门关上了。

没有办法，玛尔可只好提了衣包懒懒地走开。他悲哀得很，心乱得像旋风一样，各种忧虑同时涌上心头来。怎么办呢？到什么地方去好？他把衣包放在路旁，靠着墙壁坐下来，两只手捧住了头，现出绝望的神情。

忽然听得有人用意大利话问他：

"怎么啦？"他听到这声音，抬起头来看，不觉吃惊地跳起来：

"你在这里！"原来这就是坐船来的时候结识的那位老人。

老人也和他一样地惊讶。他不等老人问，就急忙把经过告诉了老人。

"跟我来！"老人说着就走，玛尔可提起衣包跟在后面。他们一声不响地在长长的街道上走着。到了一家旅馆前面，老人停了脚。老人向里面望了一会儿，回过头来对玛尔可高兴地说："真巧。"

他们进了一间大房间，许多人在喝酒。老人走到第一张桌子前面，从他和桌子上六位客人谈话的样子看来，似乎在没有多长时间以前，老人也在这里和他们一同喝过酒的。

老人直截了当，立刻把玛尔可介绍给他们：

"诸位，这孩子是我们的同胞，为了寻找他妈妈，他到了布宜诺斯艾利斯，打听妈妈在哥尔多巴，别人介绍他乘了货船，才来到罗隆利俄，不料把带来的名片拿出去，对方不理不睬，还赶走他；他既没有钱，又没有相识的人，很困难哪！只要有到哥尔多巴的车费，能找到他妈妈就好了。"

"是我们的同胞！孩子，到这边来，我们都是在这里做工的。喂，有钱大家拿出来！放心，送你到妈妈那里去，不要担心！"六人慷慨地说。

一个人说着抚摸玛尔可的头，一个拍他的肩膀，另外一个人接过他的衣包。老人拿着帽子走了一圈，不到10分钟，已经得到了八元四角钱。

一个客人递给玛尔可一杯酒说：

"喝了这杯，祝你的妈妈健康。"

第二天天还没有亮，玛尔可就向哥尔多巴出发。火车在空旷而没有人影的原野上行驶，长长的车厢中只乘着几个人，窗外凄凉的光景，使人觉得像在荒坟堆里行走。

寒风吹着他的脸，4月底从热那亚出发时，哪里料到美洲是冬天呢？时间一长，玛尔可冷得耐不住了，于是他就蒙眬睡去。睡得很久，醒来觉得身体很冷，精神不舒服。莫名其妙的恐怖无端涌上心头。

车上的几个旅客看玛尔可冷得牙齿发抖，拿毛毡给他盖了，叫他坐下来好好睡，玛尔可到傍晚又睡去了。等车上旅客叫醒他时，火车已经到了哥尔多巴。

玛尔可叹了口气，飞跑下车，向铁路职员问美贵耐治技师的住址。职工告诉他一个教堂的名字，说技师就住在这教堂的近旁。他急忙就走。

已经是夜里了，他走到街上，行人极少，只是偶然在灯光中看见一些苍黑的奇怪的人脸罢了。他一边走，一边抬着头望，忽然看见异样建筑的教堂，高高耸立在夜空中。市街虽然寂寞昏暗，但是在那些在没有边际的荒野里走了一整天的人看来，仍旧觉得很热闹。遇见一个教士，他问了路，急忙找到了教堂和那座房子，用发抖的手按了门铃，另外一只手按住剧烈心跳的胸口。

一个老妇人拿着煤油灯出来开门。

"你找谁？"老妇人用西班牙话问。

"美贵耐治先生。"玛尔可回答。

老妇人摇着头。

"你也找美贵耐治先生？这三个月里，不知道费了多少口舌，他家早已搬到都古曼去了。"

玛尔可绝望了，心乱如麻地说：

"有谁在捉弄我！我要是不看见妈妈，就要倒在路上死了！那个地名叫什么？在什么地方？从这里去有多少路？"

老妇人怜悯地回答道："那不得了，至少有四五百里吧！"

"那么，我怎么办呢？"玛尔可掩面哭着问。

"叫我怎样说呢？可怜！"老妇人说。她忽然又好像想到一条路：

"哦！有了，从这条街向右走，第三座房子前面有一块空地，那里有一个叫作'头脑'的，他明天就要用牛车载货到都古曼去，你帮他做点儿什么事，求他带你去不好吗？"

玛尔可提了衣包，还没有说完道谢的话，就走到了那空地上，许多搬运工正在把谷子装上货车，一个有胡须的人在旁边指挥。玛尔可走近这个人，恭恭敬敬地把自己的请求说给他听，还说明了从意大利来找母亲的经过。

"头脑"用尖锐的目光打量了玛尔可一会儿，冷淡地回答说："没有空位。"

玛尔可哀求他，"这里有三元钱，路上情愿再帮你劳动，面包只吃一点儿就行，请您带了我去！"

"头脑"再仔细地把他打量了一遍，换了稍微亲切一点的态度说："实在没有空位，并且我们不是到都古曼去，你就是一同去，也非要半路下车，再走许多路不可。"

"无论有多少路也不要紧，我愿意走，请您不要替我担心，到了那里，我自己会想办法到都古曼去的。我恳求您，不要把我丢在这里！"

"头脑"移过灯来，照亮了玛尔可的脸，再仔细看了一会儿说："好吧。"

"你今夜就睡在货车里，明天4点钟就要起来。""头脑"说完就走了。

第二天早晨4点钟，一长列货车在星光下喧闹地出发了。玛尔可被叫醒后，坐在一车谷袋上面，不久又睡着了。等到醒来，车已经停在一个冷落的地方，赶车的人们烧起火来烤小牛蹄。大家围火吃了一会儿，重新出发。这样一天一天地往前走，生活刻板得好像行军一样。赶车的人在后面骑着马，拿着长鞭子赶牛前进，玛尔可帮他们生烤肉的火，给牲口喂草料，或是擦油灯、打水。

一路上的景色，好像幻影似的在他面前展开，无论向哪里望，无论走多少路，都是寂寞荒凉的原野。一天又一天，使人厌倦得不得了。赶车的人们待玛尔可渐渐凶恶，故意让他搬沉重的草料，到很远的地方去打水，像奴隶一样，他疲劳极了。

因为过度疲劳和睡眠不足，他的身体软得像棉花一样，还要早晚受骂挨打，勇气就一天天地消沉下去。如果没有那个"头脑"常亲切地安慰他，他可能要把全部的气力消失尽了。

劳役渐渐增加，虐待也愈加厉害。有一天早晨"头脑"不在，一个赶车的人怪他打水太慢，打他，骂着说：

"带了这个去，畜生！把这带给你妈妈！"

他的心要碎了，终于害起重病来，一连发了三天的热，躺在车子里，除了"头脑"有时候拿点水给他喝，或者按一按他的脉搏外，谁都不理他。

幸亏他的病渐渐减轻了，"头脑"也待他很好，他恢复了健康。病虽然好了，可这旅行中最艰难的日子也到了，他就要一个人步行了。"头脑"说了声再会，给他指点了道路，又替他把衣包搁在肩膀上。玛尔可原来不高兴与虐待他的赶车人们告别，可到了分别时，他也一一向他们招呼，他们也都举手回答。玛尔可眼看他们在平原上消失了，才一步一拐地走上他孤独的旅程。

玛尔可在荒凉无边的草原上走着，他突然看见前面有青色的高山，一看到这山，好像见到了故乡意大利。又因为天天向北走，渐渐和热带接近，天气渐渐温暖，这使他觉得愉快了一些。路上常常遇到村落，一些骑马的人，都是印第安人。

第一天他用尽了力气快活地走，夜里睡在树底下。第二天他累了，走了没有多少路，靴子破了，脚很痛。四天、五天、一星期，他气力弱了，脚上流出血来。有一天傍晚他向人问路，别人对他说：

"从这到都古曼只有50里了。"他听了高兴地叫了出来，急忙向前走。可这终究是一时的兴奋，他终于疲乏得一点力气也没有了，倒在小沟边，仰卧在草地上想睡。他说：

"啊，妈妈！你在哪里？现在在做什么？你也想念我吗？"

可怜的玛尔可！如果他知道了母亲现在的情形，他一定会用尽一切力气，急忙向前跑了。他母亲正在害病，躺在美贵耐治家的下房里。美贵耐治家一向待她很好，尽心尽力地调护她，她病了两个星期了，如果要挽回她的生命，就非动外科手术不可。玛尔可倒在路旁呼唤母亲时，那位主人夫妇正在她床前劝她接受医生的手术，她总是坚决地拒绝。

第二天早晨，玛尔可背着衣包，弯着背，跛着脚，一步一拐地走进都古曼市。他走在街上，在布宜诺斯艾利斯曾经应验过的发狂似的想象又涌上心头。正在走的时候，他忽然看到一家旅店，招牌上写有意大利人的姓名，玛尔可慢慢地走近门口，鼓起了全身的勇气问：

"美贵耐治先生的家在什么地方？"

"是做技师的美贵耐治先生吗？"旅店主人反问。

"是的，"玛尔可回答。

"他不住在都古曼市里，"主人答。

随着主人的回答是刀割剑刻一样的叫声。

"什么事情？怎么啦？"主人把玛尔可拉进店里，叫他坐下：

"美贵耐治先生离这里也不远，只要五六个钟头就可以到的。"

"什么地方？什么地方？"玛尔可像醒过来似的跳起来问。主人继续说：

"从这里沿河过去，有一个地方叫赛拉地罗，那里有一个很大的糖厂，美贵耐治先生就住在那里。"

"请将路线告诉我，我不能再耽搁了！就是倒在路上也不怕，我立刻就去！"

"路上走过树林要小心，但愿你平安！"他们这样说。有一个还陪他走到街的尽头，给他指点了路径。过了几分钟，只见他背着衣包，跛着脚，已经走进浓厚的树荫中去了。

这天夜里，病人很危险。她悲声哭叫，时时失去知觉，看护的人们守在床跟前，大家都很焦虑。她略微安静时，就非常苦闷，这并不是从身体上来的苦痛，而是在挂念远方的家。这苦闷使她骨瘦如柴，样子也完全变了。她不时捧住头，发疯似的狂叫着：

"我的家，我的玛尔可！现在不知在做些什么。啊，我的可怜的玛尔可呀！"

那时候已经是半夜了，她那可怜的玛尔可沿着河走了几个钟头，力气已经用尽了，在大树林中一步挨着一步地走着。

玛尔可有时候虽然昏昏沉沉，但是心里一直想着母亲。他疲乏到极点，脚上流着血，独自在庞大的森林中一步一拐地向前走。有一件奇怪的事情，就是一向在他心中模模糊糊的母亲的容貌，这时候渐渐清清楚楚地出现在眼前。好像母亲在他面前微笑，他因此振作起精神，脚步也加快了。心里充满了欢喜，热泪不觉在脸颊上滴下来。他在阴暗的路上，一边走一边和母亲谈话。

"已经到这里了，妈妈，你看我呀，以后永远不再离开你了，我们一起回国去，无论遇到什么事，一生一世不再和妈妈分离了。"

早晨8点钟光景，医生带了助手来，站在病人床前，最后一次劝告她动手术。美贵耐治夫妻也跟着用各种方法劝说，可是总没有用。她自己觉得体力已经尽了，对手术早没有了信心。医生仍旧不放弃希望，再劝她说：

"但是，手术是可靠的，只要稍稍忍耐一下就安全了。如果不动手术，就没有救了。"然而仍旧没用，她轻轻地说：

"不，我已经准备死了，我没有勇气受无益的痛苦，请让我平平静静地死吧。"

医生也失望了，其余的人谁也不再开口。她脸向着主妇，用细弱的声音嘱托后事。话还没有说完，突然气涌上来，她拍手哭泣：

"啊，我的玛尔可！我的宝宝呀！"

等她含着眼泪向四周看时，主妇已经不在那里了，只有两个女护士和医生助手在床跟前。听见隔壁房间里有急乱的脚步声和嘈杂的说话声，病人眼睛望着门口，以为发生什么事情了。过了一会儿，医生脸色很紧张地走进来，后面跟着的主妇主人脸上也很惊奇。大家用了奇怪的眼光对着她，她恍惚听到医生对主妇说：

"还是快些说吧。"

主妇对她激动地说：

"约瑟华！有一个好消息说给你听，不要吃惊！"

她热心地看着主妇，主妇小心地继续说：

"是你非常喜欢的事情呢。"

病人的眼睛睁大了，主妇又说：

"给你看一个人——是你最爱的人啊。"

病人费力地抬起头来，眼里闪着希望的光，看看主妇，又看看门口。

主妇的脸因为激动而变红了。

"有个想不到的人到这里来了。"

"是谁？"病人人惊讶地、呼吸紧促地问。这时候，衣服褴褛、满身尘垢的玛尔可出现在门口。医生拉住他的手，叫他往后退。

病人尖叫起来：

"天呀！天呀！我的天呀！

玛尔可赶忙奔拢去，病人张开枯瘦的两臂，使出全身的气力，把玛尔可紧紧地抱在胸前。她不停地在儿子的头上吻着，叫着说：

"你怎么来的？谁带你来的？一个人吗？啊，你是玛尔可？但愿我不是做梦！"

说着，她又忽然转过头对医生说：

"快，医生，现在立即动手术！我想病好，替我把玛尔可领到别处去，不要让他听见。玛尔可，没有什么的，以后再跟你说。医生，我们开始吧！"

玛尔可被领出去了，主人夫妇也退了出来，门立刻关上了。

美贵耐治先生原想拉玛尔可到远一点的房间里去，可玛尔可好像钉住了一样，一动不动。

"什么？母亲怎样了？做什么？"他问。

美贵耐治先生静静地对他说：

"我告诉你；你妈妈病了，要动手术。快到这边来，我仔细说给你听。"

技师硬拉他过去，和他说明经过情形。他害怕得发抖了。

突然一声尖叫震动了整幢房子，医生从门口探出头来：

"你妈妈有救了！"

玛尔可突然跪在他的脚边，啜泣着说：

"谢谢你！医生！"

医生挽起他说：

"起来，你真勇敢！救活你妈妈的就是你！"

（邱纯义　缩写）

五伙伴历险记

〔英国〕伊·布莱顿　原著

乔治娜是一所寄宿学校的学生。她时常穿着短裤和运动衫，打扮得像男孩似的。她总希望自己成为男孩子，如果有人叫她乔治娜，她决不肯答应。所以，大家都叫她乔治。

每逢假期，乔治就和堂妹安妮，还有安妮的两个哥哥——朱利安和迪克，聚到一起，玩得很快活。现在正是暑假，这不，她的三个堂兄妹明天就要来了，与她在克林茅舍一起共度假日。

"她们来后，一切该会多么愉快呵。"乔治对她的爱犬蒂姆说道。"简直棒极了，蒂姆，对吗？"蒂姆在地上抽打了一下尾巴，它当然喜欢和其他几个孩子在一起。

第二天，乔治驾着轻便马车前去接她的堂兄妹。她妈妈也想去，但觉得身体不适。火车进站了，三只手同时从车窗里伸出来，使劲挥动着，乔治乐得大叫起来："朱利安、迪克、安妮，你们终于来了！"

小马车载着伙伴们向克林茅舍疾驰而去。不久他们便来到了大门前，一位满脸不高兴的妇人从后门走出来，帮他们卸下行李。

"她是谁？"孩子们小声问乔治。

"新来的厨娘，斯蒂克夫人。"乔治答道。

清晨，孩子们一觉儿醒来，他们翻身下床，跑向窗前，凝视着湛蓝湛蓝的大海：位于海湾入口处的克林岛此时显得无限妩媚。

安妮发现后花园有一男孩，傻头傻脑的，但很顽皮。便问道："那是谁？"

"哦，那是埃德加，斯蒂克夫人的孩子。"乔治答道，"我不喜欢他，他总做些傻乎乎的事，比如把舌头伸得老长，还出口骂人。"

"我们去看看你的船是不是修好了，"朱利安说道，"这样，我们或许可以划着它到可爱的小岛上去了。"

"哎，我们今天下午能不能用上这条船呢？"乔治问船工吉姆。

他摇摇头说道："不成，乔治少爷，除非你们都想沾一身红漆。漆明天就会干，但今天不行。"

他们便坐在海滩上开始野餐。所带的午餐被蒂姆分享了一半还多。它放开肚皮猛吃，一边还使劲摆着尾巴，把沙子抖得大家满身都是。

朱利安突然发现了什么："喂，快看！那边岛上是什么？"大家都转过身，注视着克林岛。乔治惊叫起来："啊！一股烟，肯定是烟！有人上了我的岛。"

"不可能有人在岛上，"迪克说道，"烟肯定是从岛那边经过的轮船上放出的。"

"反正我明天还要去看一下，"乔治坚决地说道。"假如有旅游者在我的岛上逗留，我就把他们赶走。"

他们回到克林茅舍。使他们感到惊讶的是，埃德加却坐在起居室里，正拿着朱利安的一本书在读。埃德加这是什么意思呢？

乔治忽然意识到什么，她大声呼唤着飞奔上楼，"妈妈！妈妈！你在哪里？"

但妈妈的床上却是空的。乔治跑进其他几个房间，空无一人。乔治跑到楼下，脸色纸一样白。埃德加对着她咧嘴大笑。

　　只听见一声响亮的耳光，埃德加捂着左颊跳起来，乔治打了他重重的一巴掌。埃德加想还击，朱利安却站到面前。蒂姆凶猛地叫起来，声音是那样地咄咄逼人。

　　"马上告诉我，我的爸爸妈妈在哪儿？"乔治大声问道。

　　"嗯，也没有许多可说的，"埃德加说道，眼光仍没从蒂姆身上移开。他扫了乔治一眼，继续说："你妈妈忽然病得很重，你爸爸送她去了医院。"

　　乔治一下瘫坐在沙发上，脸色更加苍白难看。"妈妈病成这样，我实在受不了。"乔治把脸埋在沙发垫里，突然呜咽起来。

　　朱利安把房门打开。"我去告诉斯蒂克夫人一声，我们要吃早点。"其他孩子觉得，他敢去跟斯蒂克夫人打照面，真是有勇气。

　　厨房里，斯蒂克夫人，一副冷酷的样子，

　　"请问，我们能吃些茶点吗？"朱利安问。

　　"我决不会给你们做。"斯蒂克夫人生气地说。

　　"你要是不给我们弄茶点，我就自己来。"朱利安说道。"面包在哪儿，还有蛋糕？"

　　斯蒂克夫人只好说道："我给你们准备茶点，不过如果再听到你们胡说八道，就不会再给你们做饭吃。"

　　"但是如果再听到你胡说八道，我就要去告诉警察。"朱利安随口说出这句话，但对斯蒂克夫人却产生惊人的效果，她显得很惊恐。

　　吃完早点，孩子们不愿接着到海滩去，以防有电话来告诉乔治妈妈的情况。所以，他们就散坐在花园里，随时听着电话铃响。

　　这时，从厨房里传来了歌声：

　　"乔治——稀粥，布丁加馅饼，

　　她坐在那里哭得凶，

乔治——稀粥……"

朱利安站起身，走到厨房窗前往里看，只有埃德加一人在里面。"你出来，埃德加！"朱利安厉声说道，"我教你再唱一首歌，出来！"

埃德加没动。朱利安猛然把长胳膊伸进了窗子，揪住埃德加长长的鼻子，用力一拽，疼得他大叫起来。"放开！疼死我了！松开我的鼻子！妈！你在哪儿！"

斯蒂克夫人快步跑进厨房，她看到朱利安正揪着她儿子的鼻子，就尖声叫了起来。"你怎么敢这样！先是那姑娘打埃德加的耳光，接着你又揪他的鼻子！你们都怎么了？"

"没什么，"朱利安得意地说，"斯蒂克夫人，倒是埃德加毛病很多，我们觉得必须把它纠正过来。当然，这本该是你的事，可好像你并没有去做。"

朱利安离开火冒三丈、嘟囔不休的斯蒂克夫人，又回到了大伙儿那里。他在草地上坐下说："恐怕要麻烦了，我们从现在起不会有好日子过，不知道我们是否会有饭吃。"

果然，那天晚上，斯蒂克夫人没有送来饭。大家闷坐在一起，肚子开始叫起来。

"过来，蒂姆！"朱利安叫道。那只狗走过去，并以探询的目光抬头望着他。"你和我一起去说服'亲爱而仁慈'的斯蒂克夫人，让她把贮藏室里最好吃的东西拿出来给我们。"朱利安说完咧嘴一笑。其他人也跟着笑起来，大家顿时有了精神。

朱利安沿着过道向厨房走去。埃德加抬起头，他看见了朱利安和蒂姆。这只个头高大的狗在愤怒地吼叫，埃德加害怕极了。

"你想要什么？"斯蒂克夫人问道。

"要晚饭。不错，晚饭！"朱利安大大方方地答道。"把贮藏室的门打开，让我们看看里面有什么。"

"你可以拿块面包和一些干酪去，"斯蒂克夫人说道，"没什么可说的了。"

"噢，可我还有话说，"朱利安说着向贮藏室门口走去。"蒂姆，跟上！愿怎么叫就怎么叫，但这会儿别咬人！"

朱利安打开贮藏室的门，一边还轻轻地吹着口哨，这让斯蒂克夫人感到最为恼火。朱利安拿起烤鸡和一盘西红柿，然后又在上面放些糖蜜小饼。

"把东西放下！"斯蒂克夫人厉声叫道，"你顺手牵羊把我们的晚饭拿走，我们吃什么呀？"

"这容易，"朱利安说道，"我把我们的晚饭，面包加干酪送给你们。"

斯蒂克夫人怒吼一声，扬起一只手向朱利安追去。但蒂姆立刻跳到她面前，牙齿咬得"咯咯"直响。斯蒂克夫人只好远远避开它。

第二天早饭吃了一半时，电话铃响了起来。乔治没等铃声停下，就握起了话筒。孩子们都停止吃早饭，默默不语地听着，等待乔治说话。

"哦，哦，我太高兴了！"他们听见乔治说，"妈妈昨天动手术了吗？现在一切顺利吧？"

乔治跑进起居室。"你们听到了吗？"她兴奋地说道，"妈妈好些了，不久就可以回来——大约10天吧。"

乔治突然觉得食欲又恢复了，她狼吞虎咽地吃了那份熏肉，并用面包把盘子也擦了一圈。她心满意足地坐回到沙发上。

"我们已经得到有关妈妈的好消息，"乔治说，"可我们还是不能摆脱斯蒂克一家。唉，真不愿让你们和我一起受苦，跟可恶的斯蒂克一家人生活。我想独自一人到我们的小岛上生活去，你们也回到你们父母那儿去……"

"我们明天都和你一块儿去小岛，懂吗？为什么我们不应当去？我们可以远远离开令人讨厌的斯蒂克一家，可以自得其乐，痛痛快快地玩上几天！"朱利安说道。

"噢，你们说话当真吗？你们真愿意和我一起去吗？"乔治快活地问道，"我真怕我会连累你们。"

"好吧，咱们现在就开始行动。"朱利安说着，首先带头干起来。他们趁斯蒂克夫人睡觉时，溜到贮藏室，几乎把里面的食品一扫而光。乔治找到壁橱的钥匙，把冬天备用的罐头食品带走一些，又拿走其他必备的物品。然后他们又推出手推车，把东西全部装上了船。

孩子们商量着如何跟斯蒂克一家说。"我知道该怎么办——"朱利安小声说道，"我们找份列车时刻表，打开放在餐桌上，就好像我们查找过车次一样。然后我们动身从房子后面的荒野穿过，装作到车站去赶车的样子。"

"这个主意真不错，"乔治高兴地说，"不过我们如何知道爸爸妈妈啥时会回来呢？"

"找一个确实可靠的人，我们给他留个口信，怎么样？"朱利安说。

一切准备就绪。他们神不知鬼不觉地向小海湾走去，迪克已把小船划到了那里。

"嗬！"朱利安兴奋地叫起来，"冒险就要开始了。"

他们乘着乔治的小船，在波浪中颠簸着离开了岸边。孩子们都感到很快活，他们身边没有别人，并且正在逃离可恶的斯蒂克一家。他们将要在克林岛上生活。

船驶进了小海湾；海水可直冲到一片沙滩上，孩子们急不可待地从船上跳下来，四双手不约而同地把船拖上了沙滩。

"我们得把船上的东西卸下来，找个地方存放好。"朱利安说道，"另外，还得决定一下具体在哪儿过夜。"

"咱们去看一下城堡吧，"乔治说道，"找找准备在里边过夜的那个房间。它是唯一完整的房子，所以我们只能睡在那儿。"

孩子们爬上礁石，向坍塌的古城堡方向走去。他们来到一个门口，里面相当黑，朱利安打开手电，向那间房里望着。

借着手电光，孩子们看到堆积了一地的碎石。这个古老的房间此时已不可能再用了。房顶已塌陷了，看上去随时有石块落下来。

"糟糕！"朱利安叫道，"我们必须在别处找一个存放东西和睡觉的地方。乔治，你还记得那只风暴卷起的古沉船吗？"

"记得，"乔治说道，"如果可能，我们今天就去瞧一下那只沉船。"于是，他们走出残破的城堡，爬上环绕的城墙，寻找着那只沉船。但出乎意料的是，那只船并不在原来的地方。

"它被移动了，"朱利安惊诧地说道，"瞧，在那些礁石上，比原来更靠近海岸了，不幸的沉船！它看上去比去年更为破烂不堪了。"

"等潮水一落，我想可以沿着那一行延伸出去的礁石，直接到达沉船跟前。"乔治说道。

"我们去看看那口古井吧。"迪克说。他们又回到城堡的院落里，找到了残破的木井盖，把它揭开。

他们找着地牢的入口，可入口却被一些巨大的石块堵塞着，这使他们感到极为惊讶。"谁干的这个呢？"乔治皱眉说道，"我们没有！有人到这儿来过！"

"我想可能是一些旅行者，"朱利安说，"那天我们认为看到了一缕青烟从这儿升起，肯定是旅行者。"

孩子们一起穿过院落，朱利安忽然止住了脚步"快看！"他指着地上的什么东西，吃惊地说道，"快看有人到过这儿！这是他们生过火的地方！"

大家都瞪着眼睛盯着地面，地上有一堆烧过的木灰，显然是生火后留下来的。还有一个抽过的烟头脚踩进了地里。毫无疑问，有人到过小岛！

这会儿，潮水已退下了礁石，现在可以直接沿礁石走到沉船跟前。朱利安解开系在腰里的一根绳子，使劲一抛，套在船上伸出的那根木桩上。然后像猴似的顺着绳子往上爬，没几下就登上了倾斜的光滑甲板。乔治帮安妮爬上去，接着和迪克也上了船。

大家把安妮留在了腐朽的甲板上，他们则下舱察看。几个舱室又潮湿又腐烂，根本不能居住。他忽然听到了安妮的喊叫声："喂！快来！我发现了一东西！"

他们迅速爬上去，安妮正用手指着对面甲板上一样什么东西。孩子们看到了一间开着门的贮物舱，面塞着一只不大的黑色旅行箱！

孩子们小心翼翼地顺着甲板向贮物小舱走去。利安把小黑箱子拉了出来，孩子们都感到很惊奇，什么有人把箱子放在这儿呢？

"会不会是走私者的，你们说呢？"迪克说道。

"嗯——可能是。"朱利安若有所思地说。他试想解开箱子的扣带，可怎么也解不开。手指灵巧的安妮把扣带解开了，但不料箱子却被结结实实地锁着，这使他们大为失望。

说话间，又涨潮了。孩子们离开古沉船，正当他们走上通向岛上悬崖峭壁的最后一段礁石时，迪克停了下来。他指着上面一块大礁石，说道："那后面不是一个洞穴吗？"

"我们过去看看。"乔治说道。于是他们改变方向，翻越过一大片岩石，向突出的悬崖靠近。的确是一个洞穴。入口处山石林立，洞穴被遮盖着，外人难以发现。洞里非常干燥，地面上是一层白色的细沙。

"就像专为我们准备的屋子一样！"安妮乐得大声喊起来，"看，洞顶上甚至还有一个天窗！"

大家看到洞顶一处有个孔，直达峭壁顶上。朱利安说："我们可以通过这个洞口把东西扔下来，顺着绳子轻而易举地往下滑，这样就没必要费劲翻越礁石了。"

他们回到了停船的地方开始卸东西，然后用绳子把所有的东西吊进洞穴里。经过长时间的辛苦后，他们坐在了洞穴温暖而柔软的地面上，开始美餐一顿。

"晚安。"孩子们躺在用干草和毛毯铺成的床上，都睡着了，宁静地做起梦来。朱利安惊了一下，好像什么奇怪的声响使他醒过来。蒂姆从喉咙里发出低沉的叫声。乔治也醒过来，她警惕地坐起来，蒂姆仍然在叫。

"我出去一下，看暗中会发现什么。"朱利安说着从床铺上悄悄爬起来，"我顺绳子爬上洞顶去，从那儿可以看得更清楚。"

朱利安爬上洞顶向海上望去。他看到了一团亮光，是沉船所在的地方发出的亮光。肯定什么人打着灯上了那条船！

乔治顺着绳子爬上来。"看，沉船那儿！也许是什么人取那个箱子来了。"朱利安说道，"快看，那儿的人要走开了。灯光往下移动了，肯定是正在往沉船旁边的一条小船上去。"

灯光全消失了，再也看不到什么了，他们很快又顺着绳子滑回洞里去。其他两个人还在安静地睡觉，蒂姆快活地低声叫了一下，就不再吼了。

次日清晨，潮退了后，孩子们动身上了礁石，向沉船走去。他们爬上船，朱利安走近存放小箱子的贮物室，拉开门，除了箱子外，还多了罐头食品、蜡烛、毛毯及其他用品。这真是一个令人难解的谜！

"看来像是有人打算到岛上来住一段时间，可能是到哪儿等待接收准备走私的货物。我们必须日夜监视他们！"朱利安皱着眉说道。

孩子们用尽全力把他们的小船拖到一处大礁石后面，以免被人发现。正在此时，蒂姆突然又叫了起来。

孩子们迅速离开小海湾，向城堡方向跑去。他们蹲伏在一片灌木丛后，个个心跳得十分厉害。乔治拍拍蒂姆，蒂姆立即停止了叫声。

朱利安分开灌木向外观察，他刚刚能看清院落里有人——一个，二个，三个。他们搬开了堵在地牢入口的石块，然后向四周探视了一番，便下到地牢里去了。

朱利安瞪大眼睛万分惊愕地盯着他们，因为他们不是别人，正是斯蒂克先生、斯蒂克夫人和埃德加！

孩子们坐在洞穴里，喘着粗气。朱利安说："斯蒂克一家同走私者有牵连，你们认为可能吗？他们会不会是来这里取走私货物或把走私货藏起来，等安全时再来拿走？我看他们是被走私者收买，在替他们办事。"

"我认为你说得很对！"乔治兴奋地说着，"好，等斯蒂克一家走后，我们再下地牢看他们藏了些什么！我们要弄清楚他们的把戏，制止他们的活动。"

夜里，孩子们睡得很香。清晨，他们的早餐很丰盛。安妮说："这是我吃过的最美的一顿饭，不知道斯蒂克一家是不是也像我们一样。"

"肯定也是如此！"迪克说道，"我猜他们已把范妮婶婶的食橱洗劫一空。

"是的，"乔治说道，她显得非常生气。"我想斯蒂克他们什么事都干得出来！"

"我们现在就去查看，"朱利安说道，"我们可以避开斯蒂克他们，看能不能找到什么。"

留下安妮整理东西，三个孩子顺绳子爬上去。他们趴在峭壁顶上，俯视着残破的城堡。不久，斯蒂克一家出现了，斯蒂克夫妇在一起说了一会话，接着朝面对沉船的那段海岸走去，埃德加走进那间屋顶塌陷的房子。

"我去悄悄跟踪斯蒂克夫妇，"朱利安小声说道，"你们两人去看看埃德加在搞什么名堂。"

朱利安看准斯蒂克夫妇去的方向，追踪下去。乔治和迪克也小心翼翼地向古城堡走去。他们看见埃德加从坍塌的房子里走出来，抱了一大摞垫子。

迪克随手捡起一个土块，瞄准目标扔了出去，土块碎了，落了埃德加一身。埃德加扔掉垫子，惊恐地抬头望望空中。乔治也捡起一块，投了出去，砸在了惊魂未定的埃德加身上。他大叫一声，跑下了地牢，连地上的垫子也顾不上了。

乔治和迪克进入那个坍塌的房间，一点不错，斯蒂克一家拿来了不少乔治家的财物。他们正在小声商量把这些东西拿走，朱利安走了过来和他们会合。

"斯蒂克夫妇划船去了那条沉船。"朱利安说。

埃德加一直没敢露面，朱利安他们把东西全部运到洞口，然后用绳子系上，顺到洞穴里。

这边，回到院里的斯蒂克先生正纳闷呢："我们离开后，谁会来呢？发生的这一切真有点蹊跷，看来岛上好像有人。"

他们下到了地牢里。朱利安和迪克趁机迅速向古城堡的院落里跑去，把斯蒂克先生遗忘在地面上的小箱子抬起来，顺峭壁顶走过去。乔治趴在灌木丛后观察动静。

不一会儿，斯蒂克先生露面了，他巡视着四周找那个箱子。他发现箱子不见了，一时惊得张瞠目结舌。

"当心！岛上有人，"斯蒂克夫人说道，"我要弄清楚是什么人。"

"你找根结实的棍子，"斯蒂克先生说道，"若是查不出究竟是谁在破坏我们的计划，我就不姓斯蒂克！"

乔治悄悄地从灌木丛溜走，她用荆棘枝把洞顶口遮上，一踏上洞穴的地面，她就把看到的告诉给大家。

斯蒂克一家登上峭壁，认真搜索着每一片灌木丛。埃德加趁父母忙乎时，一个人游逛着向峭壁的另一端走去。忽然，他惊恐地意识到自己在向下陷。他的两腿掉进了一个洞口。

埃德加从洞顶儿掉进洞穴，他一下子出现在孩子们眼前。惊吓和重摔几乎使埃德加晕了过去。蒂姆凶猛的叫声惊得埃德加睁开眼睛。他张开嘴想呼救，可发觉立刻被朱利安的大手堵上了。"你只要喊一声，蒂姆就会咬掉你身上的任何一块肉！"朱利安说。

对付完埃德加后，朱利安又把注意力集中到小箱子上。迪克拿起一块石头向两把锁砸去，锁被砸开了，孩子们打开箱盖。

令他们感到惊讶的是：里面放的竟然都是一些小孩衣物和玩具！

太阳落下去了，黑暗笼罩了整个海面。朱利安和乔治眺望着海面，留心是否有船只出现。他们突然听到说话声，并看到礁石处有两条模糊的黑影。

过了好久，一声尖叫划破夜空，把两个正在观望的孩子吓了一跳。"快！肯定是安妮的叫声！"朱利安说道。

两个人滑下洞穴，但安妮却在铺上安宁地躺着。他们唤醒了迪克和安妮，把听到奇怪尖叫声的事告诉了他们。

"小女孩！"朱利安缓缓地说道，"我们俩认为今晚听到的是一个女孩的尖叫声，还有我们发现的小箱子，里面装满女孩衣物和玩具，这都意味着什么呢？"

大家沉默不语，后来安妮兴奋地说起来；"我知道了！他们偷运了一个小女孩！当可怕的斯蒂克夫妇晚上将她抱下地牢时，她发出了尖叫，被你们听到了！"

"哦——我确实相信安妮的这种想法是有道理的。"朱利安说道。

"哎呀，那么说这儿发生的正是这种事，绑架了一个不幸的孩子，这些缺德的家伙！"

第二天早晨，朱利安顺绳爬上峭壁顶，看见斯蒂克夫妇正焦急不安地商量着什么。

"我们最好坐船回去弄清究竟是谁在这儿游荡，干扰我们的计划。"斯蒂克先生说。

"天知道埃德加到哪儿去了，可怜的孩子！"斯蒂克夫人哭起来。

朱利安瞧着他们俩向停泊小船的方向走去，然后他滑进了洞穴，把几个伙伴叫出了洞外，把自己的计划告诉给他们。

"我有以下打算，"朱利安说道，"现在就进地牢，救出那个小女孩，然后我们一起坐船离开这儿，到警察局去，打听一下她的父母。"

"埃德加怎么办？"安妮问道。

"有办法！"乔治立刻说道，"我们把埃德加关进地牢下面的窑洞里，让他来替代那个小女孩。"

他们又回到洞穴里，把埃德加带出来，向地牢入口走去。里面一片昏暗，他们来到一扇可在外面闩上的木门前，里面没有任何动静。蒂姆用爪抓着门轻轻地叫起来。

"喂，听着！"朱利安大声而又令人愉快地喊道："你没事吧？我们来搭救你了。"

里面一阵慌乱，接着一个微弱的声音传过来，"喂，你们是谁？请救救我！我太害怕了！"

朱利安打开门，洞穴里面点着一盏灯，一个小女孩站在那里，苍白的小脸上显出无限惊恐，并有斑斑的泪痕。

乔治走过去抱住她。"现在一切都好了，你得救了，我们将带你去见你妈妈。"

他们把埃德加关在地牢里，然后走上峭壁，顺绳子滑进洞里，这使这个叫珍妮弗的女孩子惊奇不已。她饿坏了，饭一下肚，苍白的脸上开始红润起来，洋溢着欢乐。

"我们今天上午就坐船回大陆，"朱利安说道，"我们带上珍妮弗，直接到警察局。我想报纸上早已充斥了有关她失踪的消息，警察会立即认出她的。"

孩子们划船来到大陆上，他们径直闯进了警察局。巡官精干地仔细打量着他们。当他看到珍妮弗时，瞪大了眼睛。

"小姑娘，你叫什么名字?"他问道。

"珍妮弗·玛丽。"珍妮弗吃惊地答道。

"感谢上帝!"巡官诧异地叫了起来，"这不就是全国都在寻找的那个孩子吗? 老天爷，她是从哪里冒出来的?"

"从一个海岛上来，"珍妮弗说道，"朱利安——你把全部经过告诉他吧。"

于是，朱利安把事情的前前后后从头到尾地叙述了一遍。巡官认真地听着，并命令警察记录下来。他向助手详细描述了斯蒂克夫妇的相貌，并要他监视周围乡村的情况。

"我认为你们做了好事，确实应该受到奖赏。"巡官拍拍孩子们的肩膀，表扬道。

他们回到克林茅舍。吃午饭时，朱利安往窗外瞟了一眼，他突然看到斯蒂克先生正从树篱后溜过去。朱利安忙跑出去，绕过一个墙角，正好和斯蒂克先生打了个照面。

"你想知道埃德加现在何处吗? 告诉你，他在下面的牢里。"朱利安神秘地说。

"你根本不知道埃德加的情况，"斯蒂克先生说，"你们上哪儿去了? 难道你们没有回家?"

朱利安跑回家，向警察局打了电话。他确信斯蒂克先生会回岛上去看他说的是否真实。

大约快到吃茶点时，传来了一阵敲门声，一位健壮的警察站在门外，他来请孩子们做他的向导。

当他们来到关押埃德加的那个洞穴门前，门仍然闩着，斯蒂克夫妇还没有赶到这里。他们隐蔽好，接着一阵脚步声越来越近。

斯蒂克夫人大声喊起来："埃德加! 你在这儿吗? 埃德加!"

"妈，我在这儿！"埃德加应声叫道。

斯蒂克先生打开门，埃德加哭着跑过来。

"谁把你锁在这里了？"斯蒂克夫人问道。突然，斯蒂克一家一下陷入了恐惧中——一位警察从黑暗中跨步站出来。

"走吧，到警察局，我们会告诉你的。"警察说道。

斯蒂克一家乖乖地离开地牢，几位警察把他们押上了船。朱利安对警察说道："我们不和你们一起回去了，我们今天晚上就留在这儿。"

几个孩子带着他们的狗跑开了。在他们心爱的小岛上，再没有其他人了。让他们尽情地去享受欢乐吧！

（邱纯义　缩写）

希拉斯和黑马

〔丹麦〕赛·波特克　原著

一、无主小船上的奇怪男孩

他乘着一只古怪的宽头小船，沿河漂来。他并未坐着操桨，而是自个儿仰卧船底，任小船随波逐流。远远望去，仿佛是只空船。

河岸上有一排长长的马厩。马贩子巴陀林正在往脚下楼板洞里塞干草。突然，他发现了那只好像是没有主的船。这可是难得交上的好运呀，他早就想换掉自己那条旧船板了。

他正要离开窗口爬下草料堆，突然看见两只翘出船舷的脚。是死尸？他顿觉毛骨悚然。

水面上传来一声悠长的、模模糊糊的尖啸。巴陀林一惊，连忙将脑袋从窗口缩回来。

这哪像是人发出来的声音？

小船越漂越近。这会儿，他才真正看清了支在船舷上的脚，甚至看见了脚趾丫儿和腿。

船漂到他眼皮底下时，"死人"突然停止了尖叫，竟坐起身，抓起桨，冲着岸边划来。

那是个孩子从河岸慢慢走来，一屁股坐在石头上，对着围场上的小马驹出神。

"你在这儿干什么？"巴陀林厉声说道。

"不干什么，我饿了，我三天没吃东西了。"

巴陀林心里暗自嘀咕，千万别让这孩子倒下来死在我这儿，要不我可得倒大霉了。于是他将孩子带到他的房间。

那里没什么家具，地上摊得乱七八糟，还散发着一股刺鼻的怪味儿。

巴陀林给了那孩子一大块面包和几片香肠。那孩子告诉他，他叫希拉斯，原来和母亲阿尼娜还有吞剑人菲利浦在一起。后来菲利浦强迫他学吞剑，还用剑背抽他，他忍受不下去了，就在菲利浦吞剑的时候，故意把笛声吹走了调，菲利浦气得发疯，就拔不出来剑了。于是，希拉斯就坐上那只小船顺着小河漂下来。巴陀林先前听到的那种怪声音便是希拉斯的笛声。

二、希拉斯赌赢了

傍晚，希拉斯从睡眠中醒来，显得精神十足，而且好像对牲畜很感兴趣。巴陀林也正想找个小帮手呢。

"你就待在这里吧，兴许能过上好日子。"

"好吧，但我不光要吃的，还要工钱。"

"行啊，我们先来看看你有多大能耐吧。"巴陀林来了个激将法。

"我要匹马，就是那边一匹。"希拉斯果断地指着一匹细长的黑马说。

巴陀林差点气疯了，那正是他最出色最名贵的马啊！而他转念一想，一个主意闪电般出现在头脑中。

"你可以得到它，不要报酬，你在围场上骑个来回，马就是你的了。不过，要是你从马背上摔下来，就至少得给我白干两年活。你敢吗？"

"敢。"希拉斯深深地吸了口气说。

巴陀林解下马缰绳，把它牵到围场上，只字不提马鞍和马镫，他认为希拉斯对马一无所知。而且他心中有数，这马肯定不会听使唤，转眼工夫，它就会脱缰而逃的。

希拉斯走到马前，抓住缰绳，巴陀林疾步朝大门走去，他要看一场好戏呢。

当黑马觉察到只有一个孩子和它在一块，就猛地用后蹄站了起来，希拉斯一下被高高地抛入空中。但他一手搁在马肩胛上撑住身子，在空中跟马形成一个角度。这样任凭黑马狂蹦乱跳，缰绳却好像在孩子手中生了根似的。

马发觉希拉斯不吃这一套，就改变了战术，沿着围栏慢跑起来，后又撒蹄狂奔。希拉斯不仅没放开缰绳，反而脚步轻盈地与黑马并排跑开了，并不时跟马说着什么，哄它听话哩！

突然，希拉斯呼地蹲身一跃，一只脚跨过马背，斜挂在马脊背上。马再次受到惊吓，狂奔乱跑起来，而希拉斯却像只包袱似的吊在那儿，上下颠簸着，来回撞击马的肚皮。

一直惶惶然聚在围场上的小马驹们霎时间也随着黑马，惊恐而迅疾地飞奔起来，犹如一片隆隆作响的雷云。

巴陀林没料到事情会闹到这步田地。在"雷云"滚过的地上，他随时都可能看见孩子被马蹄踩烂的尸体。巴陀林正想着，蓦地，他发现那孩子在动，并慢慢地，小心翼翼地翻上了马背。

希拉斯已经完全降服了黑马，让它小跑上一阵，最后停在那个脸色阴沉的巴陀林面前。

巴陀林一把抓过马缰绳，把它牵回厩房里。

希拉斯看到巴陀林的脸色，知道他是想要赖了。"你说过要是我能骑上去，马就是我的。"

"住嘴!"巴陀林尖叫着,并抓起草叉劈头盖脸地打来。希拉斯灵巧地从一匹马背上跳到另一匹马背上,整个马厩翻腾起来。

蓦地,希拉斯向上一蹿,攀上一根突出的横梁,来个"转体向上",跟着双腿也收了上去。他把手伸进衬衣里,掏出了长笛。

笛声响了。离得最近的几匹马开始抽动耳朵,但一会儿就开始凝神谛听起来。慢慢地马厩平静下来了。

"你为什么不滚?当心我把你揍扁。"巴陀林吼叫道。

希拉斯飞快地把长笛举到唇边,天下可嗥叫的狼,从他指下的笛孔里直蹿出来,所有马匹一齐发出恐惧的嘶叫。

巴陀林绝望地请希拉斯停止吹笛。

"那么,把黑马解下来,牵出去。"

巴陀林这么做了,希拉斯从草料棚上爬下来,吹起笛子,马儿又安静下来。一到外面,他就骑上马背,就这样不慌不忙地走了。

三、盗贼村

这是个穷极了的村庄,街上冷冷清清,只有狗群围着他。

希拉斯坐在马背上,久久观察着村子。冷不防,一个精瘦的老农从一个门洞里走了出来。

"喂?那事儿怎么说了?"那瘦男人开口了。

"什么?"希拉斯莫名其妙。

"别装傻!"那人粗暴地说,然后冲着街喊道:"都来看喽!"

人们纷纷从自家门洞里跑出来,围住了他。

"我替吞剑人菲利浦带来了他对你们的问候。"希拉斯彬彬有礼地说。

"那个警官的人什么时候来把我们最后一点破烂弄走?"瘦男人怒不可遏地叫起来。

希拉斯明白他们是把他当作收税人了。他尽量使他们明白他是谁。

那瘦男人伊曼纽尔打量着希拉斯的黑马，"它怎么会是你的？"

"我打赌从马贩子巴陀林那儿赢来的。"

伊曼纽尔表示不相信，但他还是让希拉斯下马到了他的屋里。一会儿，他拿来一个罐子，用两只黏土杯倒满酒，和小男孩干了。

希拉斯将自己打赌的事全告诉了伊曼纽尔。慢慢地，他感到一股强烈的睡意。忽然，他感到许多手抓住他，把他拎起来，然后又被人重重地摔在什么东西上。他想反抗，但是动弹不了，也说不出话。接着，他被睡意彻底征服了。

四、瞎姑娘玛丽亚

希拉斯醒来的时候，他发现自己正躺在一只陈旧的小船上，四周全是水。他一边舀水，一边竭力回忆以前的事。他本来是杂耍班中一个表演马技的孩子，可是菲利浦一定让他学吞剑，他恶心、难受，便咬了菲利浦的手……慢慢地，他又想起了伊曼纽尔和那匹黑马，一定是他们抢走了他的马。

希拉斯抓起船底一块宽宽的板条，向河边缓缓划去。一进浅水，他就跳入水中，蹚上岸。他得回到那个村子，把他的马找回来。

他离开小路想抄近道，却意外地来到一片洼地上。一个小女孩正坐在那儿挤羊奶。

"能让我喝点羊奶吗？"希拉斯请求道。

"走开，我不和生人说话，我要回家了。"说着，女孩站起来，抓住羊奶桶。

希拉斯想把她的手掰开，可冷不防女孩弯下身朝他的指关节就是一口。希拉斯大叫一声，一把揪住她纷乱的头发，把她的头向后按去。

　　她立刻松开手，双手捂住脸，奶桶重重地撞在她腿上。希拉斯浑身一阵颤栗：他看到一张没有眼睛的脸孔。可他并无伤害她的意思呀。他怔怔地看着她跌跌撞撞跑开，不时摔倒在草丛和灌木丛中。

　　希拉斯抽出笛子吹了起来。凡他知道的最野蛮最狂暴的音响，都从细细的笛管里迸发出来，像刮起呼啸的风暴。突然，一只坚硬而愤怒的手掐住了他的脖子。希拉斯想，一定是她的妈妈了。

　　那女人紧紧揪住希拉斯的脖子，把他带到远处的一处房舍里，并把他关入一个小黑屋。

　　过了一会儿，希拉斯听到那家主人回来了，他想那人可能是渔夫。接着，他又听到他们向那名叫玛丽亚的女孩问话和打那女孩的声音。

　　希拉斯恶作剧地抽出长笛，他想，只吹一个调子，就可以立即击倒渔夫。他吹了起来。

　　厨房里，渔夫一家缩成一团，全都透不过气来。那男人的头和胸扑通一声撞在屋子的墙上。希拉斯幸灾乐祸地笑了，他知道这会儿外面是怎样一幅景象。

　　这时，渔夫打开了门。希拉斯连忙双手撑地，倒立起来，两腿尽量后弯，脚板底就要踩在后脑勺上了。当渔夫打开门时，他就是这个样子。

　　那渔夫吓得向后闪去，希拉斯就这样双手着地，走进了厨房。那女人尖叫着逃到房间的另一头。

　　希拉斯伸直身子，两脚站定，从平锅里抓出满满两把土豆吃了起来。

　　"我想，吞剑人会乐意把玛丽亚买走，因为她是瞎子。人们会把钱放在那两个洞洞里的。"

　　玛丽亚站起来，跑了出去。

　　那男人把希拉斯领到外面的草料棚，让他睡在那里。

五、奇怪的刀子

下半夜，希拉斯觉得什么东西正向他靠近。会不会是玛丽亚？

她碰到他了。她的手在他胸口摸起来，突然碰到了露在衬衣外面的笛子。她捏住笛子，想轻轻把它抽出来。

希拉斯一把抓住她的手腕，她吓得尖叫一声，像只螃蟹似的爬下了木梯。

清晨，希拉斯被马蹄声吵醒了。他站起来，蓦地发现一把长刀子搁在他身边的干草上。难道是玛丽亚？一阵寒颤掠过他全身。

希拉斯果断地把刀别在腰带上，走下楼去。就在这时，谷仓门开了，那个女人来找她的面包刀来了。

希拉斯说是玛丽亚给他的，可玛丽亚死不承认，那女人忽然对女孩说："去，把你父亲叫来，快点。"然后她叉开两腿稳稳地站在门前。

希拉斯又爬上了梯子，随后将木梯抽进阁楼。然后他在阁楼的另外一边找到了另一个出口，他用刀挑开那扇已被锁上的门，轻轻地爬了出去，滑到地面上。

这一回，他没朝河岸走，而是折向陆地，找到一条路。快晌午时分时，他忽然听到后面传来马车声，一定是渔夫追来了。希拉斯躲进路旁的草丛和灌木中蹲下，他看见一辆又大又漂亮的马车奔驰而来。显然这不是渔夫的。

当四轮马车驶到他身边时，希拉斯一跃而出，追着车奔跑起来。他抓住后挡板，爬了上去。不久，他刚刚在挡板和两只大箱子之间坐下来。突然，车轮落进一个坑里，车身一歪，希拉斯"嘭"地一声撞在箱子上。

前面那个驾车人吃惊地回过头来，他不分青红皂白地抽了希拉斯几鞭子。希拉斯一个趔趄，摔到路上。马车扬尘而去。

希拉斯捡起躺在路中央的刀子，捂住额上流血的伤口，一瘸一拐地沿河岸继续向前走去。

六、牛倌戈迪克

中午，希拉斯来到了离伊曼纽尔的村子不远的地方。他不敢贸然进村，只好在一个牧人的棚子里躺了下来。

等他睁开眼时，已是傍晚了。他发现一个和自己差不多大的小男孩坐在他身边。

"你就是被他们扔进佩佩的旧船去的人，对吗？那天你骑着马到村里来的。"男孩说。

"你知道马在哪儿吗？"希拉斯问。

"伊曼纽尔把它关在马厩里，窗上都安着栏杆，巴陀林和另一个小贩子都来了，明天一早你的马就要被卖掉了。"

"你得吃点东西，"他忽然想起来，"饿了吗？"

那男孩说完递给希拉斯一块干干的黑面包，然后站起身来去给他弄点牛奶。希拉斯跟在他后头。突然，那孩子掉转身，一把抱住希拉斯两人一同摔倒在草地上。原来那孩子以为希拉斯在故意学他一拐一拐地走路，生了气。

希拉斯耐心地向他解释了自己走路不利索的原因，那孩子原谅了他。

男孩说他叫戈迪克，父亲死了，他只好接替父亲的活放牛，可他想当个雕刻匠。

正说着，男孩突然发出警告："快，有人来了。都怪我迟了。"

他弯下腰，蹑手蹑脚地走出棚子，希拉斯紧随其后，走进一片带刺的矮树丛，一直走到一棵长在河边峭壁上的大树前。

"从那下面爬进去，我晚上回来。"

希拉斯钻了过去，突然发现树根下面有一个洞口。他毫不犹豫地爬了进去。里面黑洞洞的，到处是木碗、木盘子、木勺之类的东西，这一定是小牛倌刻的。

七、拦路大盗

时间已是半夜了，小牛倌才爬进石洞。他点上蜡烛，并给希拉斯带来一个奇怪的消息。他说今天那个小贩没命地赶着马车冲进村子。他面如土色，惊惧地告诉人们说他遇上了强盗，其中有一个还上了他的车。

希拉斯听后大笑起来，他告诉了戈迪克事情的经过，并把身上已发紫的鞭痕指给他看，戈迪克不吱声了。

希拉斯又问通常在什么地方做买卖马匹的生意。戈迪克告诉他是在街上，"你只要天亮前爬上我家门口的大栗子树，就什么都看见了。"

希拉斯答应准时到那儿。戈迪克从墙洞里掏出一把碎皮子，给希拉斯做了一个刀套。"这是水獭皮，有时我能从艾伦那儿弄到一点。"

戈迪克还告诉希拉斯，那些木头东西都是他做的，雕刻匠替他卖，卖的钱给他一点，这样他就可以帮助妈妈了。说完，戈迪克就爬出石洞，消失了。

离天亮还有好几个小时，希拉斯就来到那棵大树下。过了好半天，戈迪克才睡眼惺忪地从家里出来，一言不发地帮希拉斯爬上树。

东方渐渐发红了。戈迪克出现在街上，各家也都把牛牵了出来，交给了他。戈迪克赶着牛群向牧场走去。

这时，戈迪克的家门开了，巴陀林跟在戈迪克妈妈乔安娜的后面走了出来。巴陀林叽里咕噜好像在责备她，又像在求她。乔安娜并没有理睬他，一甩手，把水桶放到头上，沿街走去。巴陀林破口大骂起来。

这时，后面传来不怀好意的笑声，隔壁的门开了，一个挂着拐杖、哆哆嗦嗦的老人走了出来。希拉斯断定，这一定是暗中帮助戈迪克的那个老雕刻匠。

"她对你不感兴趣，对吗？"

"住嘴！如果以为她会挑中你这个老不死的，那你就大错特错了。"巴陀林冲他叫道。

"瞧，那个捕獭人来了，你觉得他怎么样？"老头儿又咯咯地发出一阵嘲弄的笑声，"要是她喜欢艾伦，这又不是我的错。"

希拉斯看见这时乔安娜正经过一家门口，一个男人肩上扛着几个长盆子似的捕夹，从容不迫地跟在乔安娜后面。那就是戈迪克说过的捕獭人艾伦。

猝然，街上一阵大乱，男男女女都跑到街上，戈迪克也赶着牛回来了。人们惊慌喊叫，好像大祸临头。

这么说真的有强盗了？希拉斯满心好奇，向高处攀去。是车队！他眯起眼，全神贯注，看着看着，他几乎要笑出声来。

这时那些彩色的大车移近了，并在街堡前停了下来。他们不明白这里究竟发生了什么事？

"你是吞剑人菲利浦吗？偷我马的男孩呢？在哪里？"巴陀林叉开双腿，站到了大车前面。

"我怎么知道？"菲利浦说。

这时人们才明白过来，他们搞错了。

八、艾伦的礼物

希拉斯坐在树上，咧着嘴笑。真是群愚蠢透顶的土包子，不晓得只有江湖艺人才乘五颜六色的大车。

下面的街道上，人们都蜂拥地跟着大车进入一块空地。表演又开始了。

菲利浦和往常一样，将那长长的金属锋刃渐渐插入喉咙，四周出现了死一般寂静。

希拉斯再也忍不住了，他抽出长笛，吹了一个细弱的、令人心寒的声音。

这下可乱套了，吞剑人的脸涨得血红，那把剑拔出来还不到一寸长呢。每个人都清楚地听到了那声音，但谁也不明白它来自哪里。唯有戈迪克知道，他仰脸望向天空，那机智的表情给希拉斯留下了深刻的印象。

这时，捕獭人来到树下停住了。他将长棍一头杵地，一面把什么东西戳在尖尖的棍头上，然后向树上竖了起来。是一块圆面包，希拉斯看清楚了，但没敢拿。

"快点拿呀，我总不能老站在这里。"希拉斯抖着手取下面包，时刻准备着被打下树去。

然而，什么事也没发生。接着，一个皮制的长颈瓶又被送了上来，那是旅行时来盛酒的。

希拉斯抓过酒瓶，艾伦向人群走去。

没吃几口，戈迪克就来到了希拉斯身边。希拉斯将捕獭人如何如何解说了一番。

"我们所有的人的眼睛和耳朵加起来，才抵得上他一个。"戈迪克说，"那声音是你搞出来的吧。他差点死掉，喉咙都抽筋了，他可不认为那是马的声音。"

说完，他就爬下树回家睡午觉去了。

九、铜锅风波

村子里静悄悄的，希拉斯溜下树，打算去看看那些大车。快走到村头时，他忽然发现戈迪克在跟踪他。

"快回去，买卖马上要开始了。"戈迪克说。

他们又猫腰飞快地折回去，爬上了大树。

这时，一扇扇门打开了，人们走了出来。小贩的那两只大箱子也被抬了出来。小贩似乎并不急于推销自己的货物，可那些女人却等不及了。她们蜂拥而上开始抢购起自己喜欢的东西来。

只有一个女人没费神挤上去——寡妇乔安娜。她紧紧地抓住肩上的长披肩，无动于衷。

"你不想买点什么吗？你可以用獭皮来付。我要的报偿就是你。"捕獭人直率地说。

"我不想为了花边出卖自己。"乔安娜坚决地答道，脸上透出一股凛然不可犯的尊严。

这时，巴陀林插了进来；"等马一弄到手，她就要跟我一道回家的。"他虚张声势地说。

"哦，那谁来照顾她的三个孩子呢？"捕獭人还是那么慢悠悠地说。

"你少管我的闲事。"巴陀林恼了。

艾伦一笑，拨开人群，来到箱子前，挑了一只最大最漂亮的铜锅，径直来到巴陀林面前，把锅递给了他。

"这是我的礼物，你巴陀林马上就是一大家子了，一个女人和三个小鬼，而你还没有这样一只锅，对吗？"艾伦不动声色地说道。

"谁说我打算跟他回家的？我自己能照料孩子们，你不必为他们费心。"乔安娜说得很干脆，一边往外挪，离巴陀林远一点儿。

周围一片哄笑，巴陀林忍无可忍了，他把锅子差点扔到捕獭人身上去。

艾伦接过锅子，又说道："听说你把最棒的马送给一个过路的小男孩了，不是吗？"

"见鬼，我没有！是他偷的。"巴陀林吼道。

菲利浦一听提到小男孩和马，顿时来了精神。他问伊曼纽尔，"他怎么了？他跟那匹马一样值钱呢，我该从你手上把他买下来。"

"可他逃走了，他没在我这里。"伊曼纽尔一定懊恼极了，他失去了一个发财的好机会。

阿尼娜一听谈到他儿子，立刻冲到伊曼纽尔的面前。艾伦问道："你经常买人吗？今天早上我听说你要买个没有眼睛的小姑娘。"

"她当真没有眼睛？"菲利浦兴致勃勃。

"只有两个空眼窝。"

"这主意不赖。"菲利浦吹着口哨说。

"她不供出售。要不，我会买下的，出最高的价。"捕獭人冷冷回了一句，

"这么说我可以买马了，对吗？"巴陀林问。

是啊，该轮到马了。

十、黑马归谁

希拉斯的眼睛睁得溜圆。

马厩的门打开了，伊曼纽尔将黑马牵了出来。人群中腾起一片赞叹。小贩惊得发傻，巴陀林则正相反。当他看见自己丢掉的宝贝时，都要发疯了。只有捕獭人露出百无聊赖的样子。

捕獭人将铜锅放到乔安娜家的门里面，报价开始了。

"一百块银元。"捕獭人干干脆脆地说。

人们哄然大笑，就一百块？这价钱太荒唐。

"两百。"菲利浦微微一笑。

"三百一十。"小贩又报出个价。

"七百。"捕獭人又抛出一句。

"八百。"菲利浦说得也很快。

"八百五十！"巴陀林大吼一声，好似打身上扳了只胳膊下来。

捕獭人就这样在另外三人中怂恿着，最后小贩以一千零三十买下那匹马。

捕獭人转向伊曼纽尔："就到这个价成交，你给我什么？那个零头，怎么样？"

伊曼纽尔只好同意了。"你去跟小贩握个手，把钱拿来，马由我牵着。不拿到我的钱，我是不会松手的。"捕獭人笑着说。

"该让它到树荫下去了，我想。"他说着把马牵到大树底下，口中念叨："先得把钱给我。"

希拉斯和戈迪克对望了一眼，没有动。

伊曼纽尔回到马身边，把一只暗棕色的皮钱袋给大家看。小贩随后跟过来，要抓马缰绳。

"别忙，等我拿到钱再说。"捕獭人说着将一只碗似的又大又深的巴掌伸到伊曼纽尔面前。

伊曼纽尔拿出银元，一块一块数给捕獭人。

"……三十。"

捕獭人合上巴掌。巴陀林大吼一声，揪住捕獭人的胳膊，好像要打掉他手中的钱币，将一切推倒重来。

正当他们扭作一团时，希拉斯慢慢挪到大树下面的枝干上，纵身一跳，稳稳地落到马背上。

黑马受惊扬起了前蹄，直立起来。希拉斯！人们起初惊慌地后退，后又将他围了起来。

十一、远走高飞

希拉斯策马奔向街道。就在这时，巴陀林猛地撞过来，企图把马逮住。正在这千钧一发之际，"啪"地一声响，一只沉甸甸的皮长颈瓶砸到了巴陀林脑壳上。他一声未吭就倒了下去。

"看见了吗？"希拉斯锐声问道，"他是被正义派来的独脚助手打中的。你们都清楚马是我的，哪个敢动一根指头，下场就是躺在他旁边！"

"要是他死了你们怎么办？你们会把他扔到漏船里，让他顺水漂走吧？"他声调严厉，"然后把他所有的马卖给这个可怜的小贩，这家伙敢用鞭子抽打规规矩矩的旅客。"小贩的脸变得雪白，只有伊曼纽尔在矢口否认。

"那我在该死的河的下游醒来时，怎么会躺在佩佩的船底，浑身是水的呢？"

阿尼娜愤怒了，她的拳头狠狠地向伊曼纽尔撞过去。在妈妈的叫骂声中，希拉斯听见了一阵低微的瓦片声，戈迪克正在脱离险境！好，该走了。希拉斯跃马冲向人群，村民们乱纷纷地左右闪避开去。

希拉斯美滋滋地正要催马疾驰，却意外地发现村口的路堵死了！原来那个渔夫的老婆狡猾地把她的大车横过来，正好堵住了路口。

希拉斯从衬衣下面抽出长笛，吹了起来。村民们听呆了，仿佛是一群凝固不动的石像。

希拉斯越吹越快，可那只小马并没有让路，反而张口便咬，想把长笛夺过去。它对那发出怪声的长笛兴趣大极了。希拉斯明白，唯一的生路只有硬冲过去了。他两脚一踢马肚子，冲破了渔夫老婆的防线。

可哪晓得，那匹胆大包天的小马也掉转头，尾随而来。渔夫的马车被拖得东倒西歪，玛丽亚哭叫着松开了缰绳，死死地抓住了车厢板。

希拉斯放慢速度，对女孩叫道："抓住缰绳，停下！跳下去。"

"我怕。你先停下来。"

冷不防，路边的沟里蹦出一个身影。希拉斯吓了一跳，定睛一看，原来是戈迪克，便勒马停住了。

"你要绑架她？她和你一道走？"戈迪克问。

"不，她不，瞧这匹马，我没法把这个蠢货撵走。"希拉斯尖声说，觉得很不痛快。

戈迪克一声不响地动手去解小马身上的马具。

"你干吗？"希拉斯问。

"把车卸掉，我从来不喜欢大车。"

"抓牢那匹马，等我走了再说。"希拉斯说。

"没准你也不喜欢我跟你一块走吧？"戈迪克把车辕放到地上问道。

"你不能骑我们的马，妈妈会揍我的。"

"当然喽，然后就会把你卖掉。"希拉斯说。

"好吧，要是她给卖掉的话，捕獭人会买的。"戈迪克说，"轮不到那个吞剑人，他出的价肯定挺高。"

戈迪克抬腿跨上了马背。

"那些牛怎么办呢？"看到戈迪克真的打算离开村子，希拉斯问道。

"现在牛关我什么事？"小牛倌反问道。

"那你妈妈呢？"

"她会很好的，我想。"戈迪克说，"艾伦就要搬进去了。"

"艾伦？"

"那个捕獭人呀。他要娶她了。"

玛丽亚在一旁开口道，"我可怎么办呢？"

"你可以睡我的床，那儿足够你住的。"

他们动身了。

站在峰顶，从高处望去，人们拉着大车朝村庄走去，玛丽亚坐在车上。太阳，正缓缓地沉落，向着地平线沉落下去。

（艾力　缩写）

冒险家的足迹

〔美国〕斯·奥台尔　原著

公元 1541 年 9 月 23 日在新西班牙的
圣胡安·乌鲁阿·韦拉克鲁斯城堡

　　海上已是黑夜，我的牢房暗淡无光。看守菲利浦已经走了，他曾经给过我一条可以在上面写字的长凳，给过我蜡烛、纸、一瓶墨水和两支锋利的鹅毛笔。现在我知道，他给我这些东西的目的无非是想让我给他绘一张正确无误的藏宝图，这样他就可以毫不费力地找到那些金子。

　　我是绘图员，不是文书，不过我还是想尽力把我的经历都记下来。我想，故事的开头应该从门多沙上尉企图篡夺山·皮罗号大帆船指挥权的那天早晨开始。

（一）

　　6 月初一个早晨，我们进入了科特斯海。

　　我正在船舱里复制海图，突然门多沙上尉走了进来。他告诉我，我们这艘船只是科罗勒多军队的给养船，但由于事先没有约定明确的会师时间，所以和他们的相遇几乎是不可能的。门多沙还告诉我，他打算夺取这条船，上岸去寻找西勃拉的七个金城。他需要一个高明的绘图员，所以他希望我能与他同行。对此我犹豫不决。

（二）

一天清晨，阿拉康海军上将命令全体人员在甲板上集合。他说我们将派一队人，由门多沙率领去寻找科罗勒多将军，并问谁愿意同去。

首先站出了四个人，他们都是门多沙一伙的士兵。我明白，一定是阿拉康发现了门多沙阴谋夺船的计划，他那种先发制人的狡猾手段令我十分惊讶。当阿拉康再一次将目光停留在我身上时，我的前额渗出汗来，但绘制一幅前所未有的地图的欲望还是促使我不由自主地向前跨了一步。

（三）

中午，我们一行六人离开了山·皮罗号大帆船，我只带了一套绘图工具、一本日记和一身换洗的衣服。考虑到安全问题，海军上将特地派了一名水手护送我们乘另一条船上岸。

航行中，我注意到头上的天空正由蓝变白，密云已开始在迷雾上浮动，天气是在变坏了。

当我们驶近一列小岛时，可怕的大风刮起来了。头一阵大风就吹断了船帆上的绳子，水手也被卷入水中，转眼就不见了。我们的船在大风大浪里剧烈地颠簸着，整整一下午，我们都用钢盔从艇里向外舀水，一刻也没停止过。

拂晓时，大海平静下来。我发现我们的剑和匕首都已开始生锈，而且我们的船又陷入了一股强大的海流之中，尽管我们使劲地摇橹，它还是使我们离岸越来越远。这种情况一直持续到午夜，后来又像放飞一只鸟一样，海流一下子释放了我们。

（四）

天已经黑了，我们继续向北移动。这几天的天气极为炎热，太阳好似一个水蛭，拼命吮吸我们肌肉里的水分。我们剩下的水也不多了。

夜里，门多沙的同伙之一鲁勒斯偷偷地滑进海里，游离了我们的船。时间又过去了大约一个小时，我看见门多沙也在偷偷地喝皮囊里的水，我觉得这是一种背叛行为。

突然，他的另一个同伙罗阿摇摇晃晃站起来要喝水，可门多沙没有给他。罗阿不顾一切地跳入海中，拼命喝起海水来。"水，"他的眼中突然闪出奇异的光，"淡水！"

真的，我们发现了淡水湖，这里是好向导河河口，也是河水流入科特斯海的地方，我们真幸运。

公元1541年9月24日在新西班牙的圣胡安·乌鲁阿·韦拉克鲁斯城堡

这是我入狱的第七天，也是开庭审判我的前一天。

大约九十点钟的时候，菲利浦先生带我去见一个皇家法院指定的辩护律师。那是一个年纪比我稍大的年轻人，他的衣服袖口和衣领都镶着破烂的花边，他的年纪和贫穷都令我不安。

我告诉他我服罪，但我永远不愿把国王名下的一份黄金交给国王，因为那是我的。听了我的回答，他一定以为是在跟一个疯子打交道，而菲利浦先生却对我的回答非常满意。我告诉他关于藏金地区的记录，我把它留在墨西哥城一个叫"三兄弟"的旅馆里了，菲利浦说他将去取。

（五）

在淡水湖边我们休养了两天，然后扛上行李，乘船朝东南方向前进。第五天下午，我们来到一个叫阿韦巴的村庄。在那里，我们碰到了先前骑马赶旱路的饲养员托雷斯。

那天晚餐后是我守夜。当我扛着火绳枪在溪边散步时，忽然听到叫喊声和狗吠声，还看到了火把的亮光。不久一队人马向我们扎营的小溪边走来。

他们是科罗勒多派来寻找阿拉康的人。门多沙并没有把阿拉康打算在我们离开后再航行两天，然后抛锚等待科罗勒多的计划告诉他们，只是说阿拉康的大帆船有可能已被那场风暴弄沉了，即使是没沉，也已不知去向。

（六）

第二天黎明时分，我们动身前往科罗勒多的营房。

门多沙等人骑马走在前边，一个给这支队伍当向导的细长的印第安青年以及弗朗西斯科神父和我走在后面。那个印第安人是个姑娘，她告诉我，她叫齐娅，曾是镇长的女仆，而且她会六种当地的方言。

"你也跟别的人一样，是来西勒拉地区寻找金子的吗？"她问，"你也谈论金子和梦想金子吗？"

"不。"我告诉她我只是梦想绘制地图。

齐娅立刻对地图产生了兴趣。她从裙子口袋里掏出一个小沙鼠让我看，"我已经把我的心肝宝贝给你看了，我想看看那些地图。"她说。

我答应她到了科罗勒多营房再给她看。

中午的时候，门多沙等人骑马先走了，让我们其余人在后面慢慢跟上去。"现在我们可以爱怎么走就怎么走。"弗朗西斯科神父很高兴这样。他不时地采集路边的叶子、野花和昆虫，将它们小心翼翼地放进一个皮袋里。他的肩上还扛着一个年龄比我大四倍的十字架。

第三天黄昏，我们来到一个覆盖着树林的高山顶。从那儿我们可以看到科罗勒多的营房。

（七）

天刚亮我们就下山，急匆匆地赶上了科罗勒多的军队。

那天傍晚，我们在一条小溪边扎营，友好的印第安人捧来摆着鹿心、兔心、鸽心的托盘。齐娅说那是他们的礼品，是为了让客人在长途旅行中增添力量和勇气的。科罗勒多深表感谢，并将那里命名为"心谷"。

拂晓时，我们又出发了。我们穿过一条可怕的山谷，第三天来到一条小溪旁，我终于有时间绘制我的地图了。

我用鸡蛋黄和煤烟绘制了一幅漂亮的地图，齐娅都看呆了。我们就这样一直画到天黑。

（八）

经过八天的烈日暴晒，在缺少给养的情况下，我们来到了红房子——七座金城的第一座。

让人失望的是，这里并不像传说中所说的那样黄金遍地，我们看到的只是到处都有的断壁残垣。一个干瘦的印第安老人告诉我们，东北方向的豪威库才是第一座金城。但是第二天清晨，我们离开红房子时，我看见那个老头望着门多沙，弯了弯两根手指做了一个不吉利的手势，那情景我至今仍然记得。

公元1541年9月27日在新西班牙的
圣胡安·乌鲁阿·韦拉克鲁斯城堡

今天是我的第一次审判。天亮后，菲利浦来到我的牢房，他叮嘱我在法官面前要只字不提金子的事，然后就把我带到了皇家法庭审讯室。

法官们问的也无非是关于我隐匿金子的罪行、地点等问题，我尽量地避开他们讯问的圈套。

回到牢房后，城堡的指挥官马丁上尉来看我，他曾是科罗勒多部队的一名副官。他跟我谈了许多似前的事，却闭口不提财宝。他令我感到很高兴，并盼望着他能够再来。

夜深了，离下次开庭还有很多天，我有充足的时间把我们从红房子到豪威库的活动全写下来，当然也包括在豪威库进行的那场野蛮战斗。

（九）

红房子和豪威库之间的地区是无人区，那只是一大片可怕的荒漠和平原。

经过多日的长途跋涉，我们来到了一条河边。部队休息的时候，先前派出探路的通讯员报告说，他们在豪威库遭到了袭击。现在，摆在我们面前的只有两条路：要么饿死在路上，要么冒着危险到豪威库去。

拂晓时，我们终于来到了豪威库，那里一片死寂。突然，一支喇叭从一箭远的土墩后响起，二百多西勃拉人手持弓箭、棍棒向我们冲来。遭遇战开始了。门多沙给了我一支火绳枪，我拿着它跟着科罗勒多向城墙跑去。那儿有个秘密洞口，可以进入豪威库，刚才一个印第安人就是这么做的。

我们爬进城内，开始向护墙上的西勃拉人进攻，石块像密雨一样向我们砸来，科罗勒多受伤了。我刚要爬上一架梯子，突然我的肩膀重重地挨了一下。我发现一个印第安人手持大棒向我扑来，我们滚倒在一处。一种求生的欲望促使我从他的手中挣脱出来，给了他狠狠的一棒，门多沙用剑刺死了他。

（十）

后来，我们的部队赶跑了印第安人，占领了豪威库。但除了几件不值钱的小玩意，以及一点绿松石、两块绿宝石和几块石榴红色的碎卵石外，我们什么也没找到。

不久，我的伤好了，门多沙也寻访过六个村庄回来了。征得科罗勒多的同意后，他带着我、齐娅等人要去西北方向作一次长途旅行。

公元 1541 年 10 月 6 日在新西班牙的
圣胡安·乌鲁阿·韦拉克鲁斯城堡

辩护律师格波一大早来到我的牢房，这是他的第四次来访。他将我又一次带到审讯室，这次法官们问的第一个问题就出乎我的意料。

"你隐藏的这批黄金究竟有多少数量？"

我告诉他有 12 匹牲口满驮那么多。接下来的就是审讯室里每一个人对这些金砂的折算，至少我是这么认为的。

然后法官们又问了几个愚蠢的问题，这次开庭就宣布结束了。

明天审判还要继续进行，不过我也许还有时间把我们去阿比斯城奈克斯潘的经过谈一谈。

（十一）

离开豪威库后第12天，我们来到了红悬崖——阿比斯城奈克斯潘所在地的标志。

据一个印第安人酋长说，只要沿崖下一条流入大河的小溪往上走，就可到达那个城市，可大河在哪儿呢？我们什么也找不着。

齐娅离开我们沿护墙闲逛去了。突然，她叫了起来，她看到了远处黄石山下的一条大河。

（十二）

我们找不到进入深渊的小路，只好将托雷斯留下照看牲畜，其余的人沿崖上的裂缝走下去试试。我们走过一条条陡梯般的裂缝，走下一个弯弯曲曲的陡坡，终于来到了大河旁。

我们顺流而下，不久就看到一处陡壁上裂开的一个豁口。沿着豁口，我们来到了一个阳光普照的地方。门多沙朝天放了一枪，马上有一个印第安人从一棵树后冒出来。在他的带领下，我们见到了他们的酋长康塔，但他对于金子的事似乎是一无所知。

（十三）

第二天清晨，门多沙叫醒我们，告诉我们说，他发现小溪里有金子。罗阿和茹尼加马上站起来，找到头盔和他一起去了。我则钻进芬芳的草地，满脑子想着我的地图。在灰蒙蒙的光线中，我看见门多沙三人像捕鱼的苍鹭那样在沿溪涉水。

太阳还没升起，可我在小溪的沙底发现了一块光泽暗淡的金属，我抓起了它，真是金子！

这时若不是一个男孩捎来康塔酋长的口信，我真会在小溪里找上一整天的金子。

（十四）

男孩把我领到三角叶杨树林外面的一个地方。我看见印第安人在拜祭太阳神。

饭后，弗朗西斯科神父手拿十字架，开始对康塔进行简单的讲道。他告诉康塔上帝之子耶稣的故事，包括他是怎样生活的，又是怎样死在我们面前那样一个十字架上的。

这时门多沙他们回来了。门多沙想向酋长换12只羊，以便用羊皮来搜集小溪里的金粉。酋长拒绝了，因为在奈克斯潘人中间杀羊是犯罪，私自杀羊的人要受到驱逐出城的惩罚。

门多沙没再提羊皮的事，但我知道他不会善罢甘休的。

（十五）

营房里燃起了一堆火。弗朗西斯科神父很高兴，他征服了太阳神的信徒，明天要给九百多人施洗礼呢。

这时，门多沙站起身来，向罗阿和茹尼加示意。"我们现在就去采集灯心草做拖把，用它施洗礼要快些。"他这样对神父说。

我心里明白他们要去做什么，只是没有力量把他们拉回。

（十六）

黎明时，神父开始给那些印第安人施洗礼。突然，一个牧羊人跑了进来，口中喊着一个字眼，印第安人顿时骚动起来。一定是这个牧羊人发现羊少了。

混乱中我们冲出人群，到达了营房。为防止印第安人封锁隘口，门多沙决定立即出发。

我们动身了，门多沙却留在后面，他死死盯住悬崖下正在隐约移动的人影。突然，他抓起一捆正在燃烧的柴禾，扔进了干燥的草堆，接着他又扔了一捆。火借风势，顿时蔓延开来。

羊毛皮上沾满了金粉，很重，我们只能一人背一块。这时，我看见茹尼加扛着羊毛皮向我们跑来，突然他停了一下又捡起第二张羊毛皮。茹尼加已艰难地走了一大半路，可这时风忽然转变了方向，火把茹尼加包围了。他想跑出火圈，却始终没有扔掉羊皮。这时茹尼加抬起了头，我清楚地看到他的脸，接着又一道火墙呼呼地向他压去，他消失在烈火中。

公元1541年10月7日在新西班牙的
圣胡安·乌鲁阿·韦拉克鲁斯城堡

在审判我的第三天，检察官改变了第一天留下的话题，他让我讲了有关豪威库的战斗情况，以及后来金子是如何找到的。我如实地讲了，但我感觉到这些事他好像早已知道了，是谁告诉他的呢？会不会是那个小偷托雷斯的证词？

这时检察官打断了我的思路，他宣布有人证实门多沙上尉最后死在我手里。审判结束了。

我回到牢房，格波已在等我，他告诉我指控证人就是托雷斯。这证实了我的猜测。

外面刮起风来了。我必须在下次开庭前写出1540年冬和1541年春天发生的事件。

（十七）

我们开始从深渊里往上爬。可是后来天气变坏了，我们赶上了暴风雪。门多沙带我们躲进一个山洞安顿下来，准备第二天黎明动身。

（十八）

将近天亮我被马匹的踩脚声惊醒，还似乎听到有人叫我的名字。我坐起来，发现托雷斯和齐娅都不见了，一阵恐惧涌上我的心头。

我走到外面，发现洞口的积雪被践踏了，那上面的脚印消失在矮小的松树丛里。我知道，那脚印是朝门多沙藏着金子拴着马匹的那个山洞去的。

我一面高叫着向火边熟睡的人报信，一面开始冒险朝悬崖下爬去。这时，托雷斯骑马出了那个山洞，他的马鞍后面拴着那两袋金子。听到我的叫喊，托雷斯向他大腿上的匕首摸去。门多沙在我们住的洞口向他开了一枪，但没有射中。这时，齐娅前额带伤从那个山洞里走出来，我心里一惊，只想看看她伤势如何，没想到这却妨碍了罗阿的射击。托雷斯猛一踢马，一跃越过了雪堆，小马驹也跟着跃了过去。

"抓住它，"齐娅朝我喊道，"抓住它！"

我和小马驹蓝星撞了个满怀，在罗阿的帮助下，我们捆住了它的腿，可托雷斯却跑掉了。

回到山洞，我们发现所有的马鞍都被砍断了。齐娅洗掉血迹，向我们讲述了事情的经过。原来她是听到蓝星的嘶鸣声才走进山洞，被托雷斯打伤的。

中午以前，我们踏上了去桃赫的路。当时我们不知道要过了冬天，到第二年春天才能见到它。

公元1541年10月8日在新西班牙
圣胡安·乌鲁阿·韦拉克鲁斯城堡

一天一夜的大风使庞大坚固的圣胡安·乌鲁阿城堡像大海中的一叶孤舟，在来回晃动着。

将近中午时，菲利浦先生带来了从墨西哥城安全送达的我的笔记，我把它藏在墙洞里。

看守离去不久，马丁上尉也来看我了。他说他不相信我杀死了门多沙，他一定会为我出庭作证的。这次他还是没有提到那些财宝，我感到他是我在圣胡安城堡里唯一的朋友。

再过两天又要开庭了，刚好有时间写下我们的桃赫之行，因为那以后我们遇到了许多今后决不应该发生的事情。

（十九）

4月12日，我们到达云城。那里有一条人来人往踩出来的小路穿过森林通向悬崖脚下。我们顺着小路，一直爬到看得清城墙。我们看见城墙中间有一个裂口，而我们与那个入口中间还竖着一个陡直的石头屏障，那上面没有裂缝，也没有可攀手的地方。

门多沙用齐娅教他的印第安语喊话，表示问候。屏障顶上马上走出两个人，他们放下了用芦苇和藤蔓植物编织的梯子。

我们爬上梯子，呈现在我们眼前的是一个宽阔的广场，城东有一个又深又蓝的小湖。

我们很快就被印第安人包围起来，他们的酋长特拉斯森果向我们表示欢迎。门多沙先向他们展示了枪和石弓的威力，然后取出金子和小物件，表示要用小物件和他交换金子。

酋长很高兴，他让人很快取来一个小口袋。那酋长很狡猾，当所有的小饰物都换光了时，门多沙得到的金子才不过30盎司。

"明天，"酋长洋洋得意地说，"我们再来交易。"然后，他夸耀地对我们说，他的金子来自很远的地方的山上，而且多得几辈子也用不完。

（二十）

我们跟着酋长稍稍看了下新的住所，然后就到广场上去闲逛。我们想去看看酋长装金子的库房。经过库房时，门多沙发现那里只有很少的一堆金粉，酋长的那许多金子到底放在哪儿呢？

我们来到一个石头平台上，走到尽头后又顺着原路返回。我第一次注意到水里射来一种不寻常的光，那是金子的颜色！那是纯金的湖底！

饭后，我和门多沙又到外面散步去了。我告诉他那湖面要比城市和广场都高，因此那个湖不是天然的，而是人造的。门多沙静默半天，对我说："我想出了一个办法。"

他毋需告诉我这是什么办法。

（二十一）

清晨，我被悦耳的号角声惊醒，这又是印第安人崇拜太阳的仪式，但它与我们以前见过的不一样。

酉长站在湖边，身上除了一块遮羞布和羽毛头饰外，几乎一丝不挂。这时太阳从平原上一跃而出，四周的印第安人立即发出了狂喜的呼喊。侍从们把手伸进葫芦，舀出里边闪闪发光的油来，往特拉斯森果身上、脸上，甚至脚底抹。另外一些侍从走上前来，举起一个大盐罐一样的葫芦，往他身上撒金粉，直至使他变成一个跟太阳一样光亮的金人。

特拉斯森果朝东方举起双臂，然后走下石阶进入湖里。一个侍从赶上去洗净他身上的金粉，然后举起酉长，把他抬回到平台上。

"铺在湖底的金子就是这样采的，"门多沙小声说，"经过几个世纪，从无数酉长身上洗下来的金粉。"

上午九十点钟光景，门多沙又开始和酉长进行物物交易，可持续的时间并不长。他告诉酉长，我们要离开两天，以便拿来更多的东西与他交换。实际上，我们一到山下隐蔽的营房，就连夜缝制起用来装金粉的鹿皮袋了。

第二天下午，口袋做完以后，门多沙就在营房里搜集他能拿去与酉长交易的东西，然后连同鹿皮口袋、挖洞工具一起捆在马鞍上。临行前，他嘱咐我，明天日出就把牲口喂好，上好马鞍，做好一切准备。

（二十二）

门多沙今天不在，我允许齐娅去骑她最喜爱的蓝星，这一天她过得高兴极了。

（二十三）

这天夜里，我没敢睡觉，害怕睡过了头。

天蒙蒙亮时，我就轻手轻脚地给牲口上好马鞍，可直到天光大亮时，四周还是寂静无声。

会不会是门多沙的计划出了问题呢？

我正想着，一阵咆哮声自远方传来，而且越来越大，我看见一股羽毛状的白水破山而出。我连忙穿过森林，赶着牲口来到离悬崖和藤梯50步光景的地方。这时第一袋金粉已经落了下来，接着是第二袋、第三袋……

我头上的云城里没有一点声音。

公元1541年10月10日在新西班牙的
圣胡安·乌鲁阿·韦拉克鲁斯城堡

这次审讯托雷斯来了。根据法官的提问，我详细地讲述了我们的云城之行以及那些金子的由来。可证人托雷斯指控我曾威胁过门多沙上尉，而他则是由于不愿跟我们这些钩心斗角的人在一起，才带上自己应得的金子走的。

撒谎！这全是撒谎！我感到怒不可遏。

在回牢房的路上，菲利浦告诉我，检察官所说的第二个证人就是向导托亚诺·齐娅。

这使我感到极为震惊，我脑子里的念头尽在围着齐娅转。但我还是得继续讲我们离开云城以后的情况，讲讲门多沙的死以及我们遭到的厄运。

（二十四）

在我们大家（齐娅和神父除外）的共同努力下，牲口队很快装上了罗阿从峭壁上抛下的金粉袋，然后拼命赶路，直到中午才停下来休息。

罗阿对我讲了事情的经过：他们先把铺在平台上的石头撬起来，然后避开湖水，从大坝旁边挖一条一瓦拉深的渠道。在离湖水一两步远时，他们停下来，直到天快亮时，才又挖了起来。后来当挖到离湖只剩一步路时，湖水冲开没挖的泥土，顺渠而出，大坝被拦腰冲断了。城里凡能逃跑的人都爬上了房顶，只能眼巴巴地看着他们搜集金子。就这样，他们成功了。

（二十五）

第二天早晨，门多沙问我到豪威库是否还有近路。我根据平时的观察和笔记，确定了一条从东南方向去豪威库的直线，接着我们就沿着这条路线，骑马赶路了。

第三天黄昏时，我们被一个横贯地平线的山脉挡住了去路。门多沙仔细研究了地图，决定派罗阿骑马向东走，找到豪威库，在那里补充四匹骡马和两名赶骡人。与此同时，我们从这往西走，到了山岭尽头再转头向东走，等着与他会合。

门多沙的这个安排引起了我的疑虑：门多沙会不会是想把罗阿落在后面，独吞全部金子呢？

（二十六）

早晨，罗阿往东，我们则往西。到第四天天黑时，齐娅在煮晚饭，门多沙则在研究摊在一堆金粉袋上的地图。

这时门多沙以前从科罗勒多手下人那儿买的大狗泰格尔，钻到火堆边来。正当我们准备吃饭时，它却叼走了我们的烤肉，并且跳上金袋，弄乱了地图。门多沙抓起一根很长的木柴向它走去，他只是想吓唬它一下而已。可谁知泰格尔眼露凶光，露出牙齿，猛地一下扑在门多沙身上，两只强有力的前爪卡住了他的喉咙。当我拿到石弓，装上弩箭时，门多沙已经死了。

我们借着火光，草草挖一个坑，埋葬了他。神父建议明天再挖一个坑，把那些金子也埋了。我没有回答，我觉得那是我们冒险得来的金子，埋了岂不可惜？于是在天还远远没亮的时候，我就把那一般需要两个人才能搬的大口袋平平稳稳地放在马鞍上，做好了出发的准备。

这时神父已经醒来，他对我说："我已经看了一个多小时，你那抱孩子一样抱口袋的模样，已经跟门多沙十分相像了。"

我没有理睬他，然后领着队伍朝南走去。

（二十七）

第三天黄昏，我们赶上了一小队印第安人，他们是到北方去用鹦鹉毛换蓝绿松石的，现在正在返回家乡。我警告齐娅不要跟头人讲我们皮口袋里装的是什么东西。齐娅不听，她打开一个口袋，抓了一把金粉，递给他看，但头人对金子根本毫无兴趣。

头人离去后，齐娅去同印第安妇女聊天。她去了很久，回来时却只字不提她听到的话。

我很恼火，因为这关系到我的金子的安全。我生气地抓住了她的肩膀，喊道："你说！"

齐娅挣脱了，跑到火堆另一边，"你为什么要像门多沙上尉？为什么把所有印第安人都看作是魔鬼？你为什么心里总是怕这怕那？"

齐娅走进黑暗里，不再和我说话。

第二天准备出发的时候，齐娅从我身后走来，"这些人住在我家附近的乡村里，我要跟他们一起走。"

我放下肚带，简直不相信自己的耳朵。我试了多次，企图挽留齐娅，但没有成功。这时我知道，我不能使她改变决心。我解下马驹的绳子，把她扶到蓝星背上。她的眼里噙满了泪水，想说什么，可我在马驹身上打了一掌，把他们一起赶跑了。而我却在草地上站了很长时间，久久地听着她那顶帽子上的银铃声。

公元1541年10月12日在新西班牙的
圣胡安·乌鲁阿·韦拉克鲁斯城堡

审讯室很静，我还没见到齐娅的人就已听见了她帽子上的银铃声。

齐娅已出落成一个大姑娘了，她谨慎地回答了法官的每个问题，但是断然否认她知道金子隐藏的地点。

"你还能带领人们找到那个水底铺满金子的湖吗？"检察官问道。

"我能找到它。"齐娅说。但是她告诉检察官曾有个叫罗阿的西班牙人被那儿的印第安人砸死了，而且她也绝不再去桃赫城。

检察官又一次看了文件一眼，我肯定这不过是掩饰自己的失望罢了。

从审讯室出来，我见到了齐娅，她告诉我，离开我的原因是她讨厌门多沙的所作所为，而我在他死后，有许多地方很像他。后来，她听说我把金子埋了，所以才来替我讲话的。

回到牢房后，在我的面前是个漫长的夜，现在我必须来写一写那个进得去出不来的地区，写写弗朗西斯科神父和我如何进入了这个"地狱"，写一写发生的一些事，以及造成后来把我关入圣胡安·乌鲁阿城堡的原因。

(二十八)

那天我们朝西南方向走，我一路上都在考虑如何处置这批金子。我不能回豪威库去，那些有关的人都会以各种理由分享金子，最可怕的是会遇到罗阿，他可能会独吞全部的金子。因此，我决定到库利亚坝去，在那儿我分到合法的一份的可能性也许更大些。

这几天我有一种强烈的预感，觉得罗阿一定在跟踪我们，所以我一直提心吊胆地担心会看见他。

（二十九）

为摆脱罗阿的追踪，我可是费尽了心机。就这样，我们在毫无精神准备的情况下来到了人称地狱的地区。

那是一个陷落的大坑，东西有一里格多距离，前面一眼望不到边。坑里显得司非常荒凉，既没有树木，也没有灌木丛，光亮亮白茫茫的一片。

在坑内行走十分困难，地上的白色尘状浮土几乎弄瞎了神父的眼睛。中午的阳光热辣辣地烤着我们，我们又累又渴，只好在沙丘边挖了一个坑，爬了进去。

太阳下山的时候，我发现神父已不在坑内，脚印伸向沙丘的方向。我沿着脚印找去，只见他伸开双臂仰面朝天躺在那里。我把他抱回坑内，可当我把水桶凑到他唇边时，他已经断了气。

我把神父的尸体横放到马鞍上，带领马骡来到了柳树林。我把神父埋在泉边的草地上，耳边又响起了神父的声音："金子是不祥之物，我们最终得把它埋在这里。"我对神父的死感到愧疚。后来，我发现那个声音已不再是弗朗西斯科神父的声音，那是我发启内心深处的声音。

我回望来时的小路，发现地狱边上有一排黄色的火山口。我带着骡马来到最大的火山口前，解开马鞍，把金袋一个一个扔到水里。我每往火山口扔一个口袋，就好像扔掉了一块压在我背上的大石头。

我领着马队回到泉边，把木桶装满水，把弗朗西斯科神父的书绑在马鞍上，就骑马往南而去，把金子和地狱远远地抛在了后面。

后来我到了"心谷"和库利亚坝，我在那个城里讲述我的故事，并在那里被捕。

公元1541年10月13日在新西班牙的
圣胡安·乌鲁阿·韦拉克鲁斯城堡

上午10点钟左右菲利浦先生来了，他告诉我王室检察官将派一个远征队到西勃拉去，而他也将派人去那儿。我警告他说，所有的金子都被扔进了很深的火山口，那儿的水温达到了沸点。可他根本不相信。

午后不久，菲利浦又来把我带到了审讯室。审判的最后结果是对我监禁三年，在圣胡安·乌鲁阿国王的监狱里执行。我认为这个判决合情合理。

这时我看到了齐娅苍白的脸。

"三年的时间不算长。"我安慰她。

"不过我再也不愿离开你了，不管你过去做了什么。"齐娅对我说。

菲利浦先生又把我带回了牢房。天黑以后，马丁上尉来了。他悄悄地告诉我，说他想偷偷放了我，让我跟他的远征队一同前往西勃拉。

我拒绝了。尽管我现在被关在只有一扇小窗的牢房里，不过最终我还是会获得自由的。我觉得，马丁上尉和菲利浦先生以及所有那些正在梦想找到藏金的人才是真正的囚犯。我相信，无论根据我的笔记还是我绘的地图，他们都不会找到金子的。

我要做的事很多，但三年的时间还是很漫长的。当牢房门打开，放我出去，爬上12级台阶时，我就要满20岁了。

（艾力　缩写）

芬格尔的鬼魂

〔英国〕凯·费德勒　原著

弗兰克和珍妮从格拉斯哥坐了很长一段火车，然后又搭上了开往托伯莫里的海轮，他们是来威廉舅舅家度假的。

这时候，轮船靠上了码头。当时正是二战期间，所似码头上的旅客稀稀落落的没多少人。珍妮看来看去，也没找到威廉舅舅那样的瘦高个儿。

这时，一个皱纹满面的搬运工人走了过来。当他得知兄妹俩要去住在乌尔洼岛上的威廉舅舅家时，他说："哦，是威廉·波图斯先生啊，我也认识的。不过，他今天肯定没进城，因为这两天从乌尔洼那边没来过一辆车子。"

"嗨，真倒霉。您知道这地方有公共汽车没有？"弗兰克哭丧着脸说。

"没有到乌尔洼去的公共汽车。很少有人从托伯莫里到那儿去的。你知道如今是战争时期啊！再说，乌尔洼是个小岛，只有一个地方能渡海峡过去。你们最好找一辆车子，先赶到那个渡口就好办了。"

珍妮急得简直要哭出来了。刚好，另外有一位先生也要去乌尔洼岛，他已经租了这儿唯一的一辆汽车。那工人安慰珍妮说：

"让我去问问那位先生能不能把你们捎上。反正顺路，他的行李也不多，总能挤得下吧。"

说完，他向司机走去，向他说明了情况。

司机很痛快地答应了。这时候，车窗上忽然露出一个人头来恶声恶语地喊道：

"我可没有带他们的义务，让他们另租一辆吧。把皮箱拿走，听见没有?!"

汽车司机和老工人对他的行为感到非常气愤。那人只好改变了主意，弗兰克兄妹上了车。

一路上，孩子们欣赏着周围的美丽景色。

大约过了半个多小时，汽车就在渡口停下了。那个人立刻从昏睡中清醒过来，打开车门跳了下去。这时，弗兰克远远望见海边停着一只小船，旁边站着一个红胡子的船夫。

兄妹俩也忙着搬下行李，"请您等一等！我们也是到乌尔洼的。"弗兰克急忙对船夫喊道。

这时，那个人压低嗓门对船夫说："别让他们上船，你应该懂得上级的指示。要知道我已经来晚了一天啦。"

"这我明白。可如果不让这两个孩子上船，岛上的老百姓知道了一定会议论纷纷……"

"你给他们随便说两句道歉的话应付一下。"

于是那个船夫对弗兰克他们喊道："对不起呀！你们两个再加上箱子，小船实在挤不下啦。"

说着，小船慢慢地离开了海岸。

珍妮开始埋怨地叨叨个不停。这时候，突然听到附近有人开了腔："我能不能给你们帮点儿忙？我这儿有一袋子饼干。"

弗兰克兄妹都吓了一跳，站起来一看，才发现旁边一块石头上站着一个和他们年纪差不多的男孩子。

那孩子自我介绍说，他叫阿力斯泰·麦金农，父亲是这个区的医生。

由于威廉舅舅的女管家爱思白丝是个有名的小广播，所以岛上的人都知道弗兰克兄妹要来这儿度假。

"我刚才听到那个老船夫彼得·穆斯坤说的话了，我送你们过去吧。"

他竟然有条船！珍妮听到这话吃了一惊，差点儿把饼干口袋掉到地上。

没多一会儿他们就把船划到了对岸。阿力斯泰带着弗兰克兄妹很快就到了威廉舅舅的住宅前。

阿力斯泰拉了拉门上的铁铃，于是就听到有人走路的脚步声，然后听见喘气的声音，接着门开了，走出来一个胖胖的女人，红红的脸膛上布满了皱纹，长得很像码头上那个老工人。

她一见弗兰克和珍妮，立刻惊讶地喊了起来："我的天哪，这不是弗兰克和珍妮吗？但是，我们两个小时以前接到电报说是'请于明日在托伯莫里接人'。"

阿力斯泰忍不住笑了起来："他们姨妈是昨天发的电报，你看过发报的日期没有？而现在已经是'明天'了，亲爱的。"

"噢，是这样啊。"爱思白丝忙把孩子们让进屋。弗兰克兄妹俩在书房里见到了威廉舅舅。舅舅庄重而又热情地接待了孩子们。

弗兰克兄妹很快就发现在乌尔洼过暑假是很有意思的。阿力斯泰常来找他们，带他俩去找好玩的地方。遇到下雨天的晚上，爱思白丝就给他们讲那些关于海岛、关于像芬格尔那样的古代英雄人物的故事。

有一次，弗兰克提了个问题："乌尔洼岛南岸的岩石，为什么都是那样奇形怪状的呢?"

这就引起了爱思白丝讲的下面这个故事：

从前，有两个力大无比的巨人，一个住在爱尔兰，一个住在苏格兰。他们两个总是在吵架。有一次，爱尔兰巨人对着苏格兰巨人芬格尔吼道："你敢到我这儿来吗？咱俩打一架，见个高低。"

芬格尔很生气，他怒气冲冲地向对方说："这么办吧。你从那边修一条路，我从这边修一条路，咱们把陆地联结起来，然后再看谁要谁的命。"

于是，巨人们开始修路，后来老百姓把这条海上的通路叫作巨人之堤。大堤终于修成了，两个巨人遇到一起，斗了一场，结果芬格尔把爱尔兰巨人扔进了大海。很多年以来，爱尔兰和苏格兰人民一直通过这条大堤互相往来。可后来有一天夜里，一阵狂风暴雨过后，巨人之堤只剩下了一点残迹，就是现在的斯他法岛。

芬格尔的神话强烈地吸引了孩子们，他们打算到斯他法岛去看看。于是他们去找彼得·穆斯坤，他以前常常用小船送客人去斯他法岛游览。

"要是明天天气好，你送我们几个去斯他法岛玩一趟，行不行？珍妮很想去游览一下芬格尔山洞呢。"

"珍妮姑娘最好是别想芬格尔山洞吧。"彼得故作神秘地说："现在每到月圆的时候，芬格尔的鬼魂就驾着他的海盗船来取他的金银财宝。上一次月满的时候，我看见一只奇怪的船开进了芬格尔山洞，那的确是只鬼船呀。船桅和船帆上都闪着惨白的光。驾船的家伙头上还长着犄角呢，他的脸上和角上都是一团团的鬼火。那只船进了山洞，以后再也没见出来。"彼得说到最后一句时故意把嗓门压得很低。"阿力斯泰，如果你是个聪明人，最好还是别带他们哥儿俩去斯他法岛。"说完，他又去修鱼网了。

"老彼得为什么不愿意带咱们去呢？"阿力斯泰感到很困惑，"有些事情叫人想不通呀。本地有些渔民也说是碰到过什么鬼船。我就不信。我有这么个想法，我自己把你们带到斯他法岛去。我以前去过多次，什么地方有急流，怎么进岛，我都知道。咱们一定去，而且要在晚上去。明天晚上正好月满，我倒要亲眼看看彼得说的那个芬格尔鬼魂是真是假。"

阿力斯泰的建议得到弗兰克和珍妮的一致同意。

这天晚上和第二天一整天，三个小朋友一直在忙着他们的斯他法岛之行。阿力斯泰仔细检查了他的帆船，以便做到绝对有把握出海。

最初，爱思白丝怎么也不同意孩子们去斯他法岛，但是当她听到彼得不肯帮忙的时候，她答应了孩子们的要求。

"可是，斯他法岛真是个惊险的地方。万一帆船漂走了，你们在岛上又没吃的，怎么办呢？"

最后，他们商定，万一发生这种情况，孩子们就在岛上点一堆火作警报信号，爱思白丝会整夜守在窗子前，等着他们的警报信号的。

然后，爱思白丝又给他们带上了两盒火柴。

天渐渐黑下来了。孩子们在饭桌前显得坐立不安。

"你们慌什么呢？有什么事吗？"威廉舅舅问道。

弗兰克机智地回答说："我们吃过饭想去钓鱼，行吗？威廉舅舅。"

"怪不得你们急急忙忙的。去吧，可是得小心点。"

两个孩子一溜风似的跑出了餐室，向海岸跑去。

三个小朋友乘船朝斯他法岛驶去。当小船接近岸边时，阿力斯泰收起了帆，和弗兰克一块儿用桨划船。

他们将船驶进一个小小的海湾，在人们不常登岸的一面停了下来。阿力斯泰先跳上岸，和弗兰克一起把小船也拖到岸上，以免它被潮水冲走。

天已经很黑了，但是，弗兰克兄妹还是紧跟着阿力斯泰的脚步爬上了石头山。这时，一轮明月从乌尔洼那边冉冉升起。

这时候，孩子们听到山洞里潮水的哗哗响声。海浪推进到山洞的深处，引起响亮的回声。那声音要反复几次，而且越来越弱，越来越远。

忽然，弗兰克发现了什么："你们听，这是什么声音？好像是个机帆船。"

那响声越来越近，突然停止了，接着又传来细小的划桨声，一直划到孩子们坐的那块石崖的附近。

珍妮一下子紧张起来："看！你们快看！"

那艘鬼船真的来了，芬格尔鬼也跟彼得形容的一模一样。那鬼好像很熟悉这儿的急流，他把船直接划进山洞里去了。

阿力斯泰安静地笑了笑，说："你们什么时候见过一个鬼魂会开机器，会驾驶机帆船呢？肯定是有坏人想利用芬格尔的神话，来吓唬老百姓。等那只船出来的时候，咱们再仔细看看。"

没过多一会儿就听到了轻轻的划桨声。那船从山洞里慢慢地出来了，上面还有一个人跟芬格尔鬼在一起。

这时候，那只船正好开到了孩子们趴着的那段石崖的下方。说来也巧，"芬格尔"就在这地方把船停下来和另外那个人谈起话来。因为距离不太远，再加上石壁上的回声，所以，他们的谈话孩子们听得非常清楚。

"拜因先生，我认为把东西藏在那个窟窿里绝对没问题，就是潮水也不会把它冲走。"

接着是另外那个人的声音："万一有人在那儿发现了呢？"

孩子们大吃一惊，"芬格尔鬼魂"就是彼得，另外一个人就是汽车上的那个家伙！

彼得告诉拜因，除了卡杜先生和他自己以外，再没人知道这个地方了，阿力斯泰这几个孩子也肯定回家睡觉去了。

拜因放心了，鬼船顺着堤道逐渐地消失在夜色之中。

那只船刚一走开，阿力斯泰就立刻领着两个孩子往石崖下爬去。他们小心翼翼地往下走。因为这里的石头又湿又滑，一失足就可能从三人多高的陡壁上掉到下面的水沟里去。

几分钟以后孩子们就下到了堤道上，然后很快走近芬格尔洞的洞口。洞里黑乎乎的，什么也看不见。

阿力斯泰叮嘱弗兰克和珍妮要拿好手电，抓紧石壁上引导游人的绳索往里走。

洞越进越深了。

"好了！现在差不多到头儿了，这儿的岩壁上有些石架，咱们用手电照照，看看彼得是不是把东西藏在那上面了。"

三个孩子用手电仔细搜索了一遍，结果什么也没找到。

突然，山洞里响起一种很恐怖的声音，很像是什么野兽在哀号，听起来令人毛骨悚然。珍妮吓得尖叫一声，紧紧抓住了弗兰克的胳膊。

阿力斯泰不禁哈哈大笑了起来，"噢！怪我事先忘了给你们打招呼。是这么回事，潮水如果冲进这石壁上的窟窿里，那力气很大，会把空气挤出来，同时发出这种奇怪的声音。"

阿力斯泰的话，使弗兰克受到启发："彼得不是说他把包裹藏在什么窟窿里了吗?"

阿力斯泰也想起来了，他根据刚才的响声，认为石壁上的窟窿可能就在跟前。他让弗兰克抱紧他的腿，然后把手伸到水沟对面石壁的缝隙中去摸。摸着摸着，他突然大喊一声，"窟窿！"

阿力斯泰又摸了一会儿，终于从里面取出了一个包裹。然后，孩子们又沿原路返回，重新爬到了石崖顶上。

三个小伙伴坐了下来。阿力斯泰用一个开瓶塞的小钻子打开包裹里那个上锁的盒子。他们发现那里面放着一卷图纸和一个闹钟，图纸上还有个字。

孩子们认出那是"雷管"，现在他们明白了，这是一种水雷的图纸，这个"闹钟"是个引爆器。

事关重大。孩子们决定马上返回乌尔洼，向大人们报告。

正当他们三个人小心翼翼地下石崖的时候，珍妮突然想起，他们把食物口袋忘到山顶上了。她飞快地折了回去。两个男孩下了石崖，快步向岸边跑过去。

珍妮几乎在同时跑到船边。她下石头山的时候连跑带跳，把弗兰克他俩都吓愣了。

珍妮上气不接下气地说，她发现海上出现了一艘潜水艇，还有一只小船从那儿往斯他法岛开过来了。

阿力斯泰断定那船一定是取包裹的。他和弗兰克用尽平生之力把小船呼啦一下推进水里，然后紧靠岸边，在阴影下划了起来。

慢慢地，小船已经离海堤的尽头不远了。

"一绕过那个海角，潜水艇就看不着咱们了。到那儿以后，咱们马上扬起帆，快速前进，注意，现在又要到月亮下面了，可千万别让他们发现咱们。"

但是已经来不及了，阿力斯泰的话音刚一落，海面上就传过来外国腔调的喊话声音：

"你们是干什么的？快把船停下！"

孩子们没理睬他们，仍是一个劲儿地朝海堤划去。可是突然，这时候对面也响起了机帆船的声音，一定是彼得那只船又回来了。

孩子们只得将小船掉过头来，又向小岛划去。这时，敌人在后面打起枪来。

"别害怕，前面马上就有一个山洞，叫船洞，咱们先进那里面躲一躲。好，到啦！你们看，这就是船洞。"阿力斯泰沉着地说。

阿力斯泰要过了珍妮的桨，顺着山洞里弯弯曲曲的水沟往里划，山洞越来越窄。最后，桨摆不开了，他只得用一只桨撑着船往前走。

现在已到了洞的尽头儿，孩子赶快下了船。他们在崖壁上面发现了一个很宽的石台，挺长挺长的。连手电都照不到头儿，这地方的确是个理想的防守阵地。孩子们爬上了石台。

这时候又听见拜因那个讨厌的腔调：

"快出来！你们这几个小流氓。"

孩子们没有出声，山洞里一片寂静。接着，传来了彼得、拜因等人的对话声。他们又继续搜索起来。

三个孩子在黑暗中静静地等待着。忽然，一道手电筒的白光闪了过来，彼得发现了孩子们的船："这不是他们的船吗？大概……"一句话还没说完，从黑暗中像下冰雹似的飞过来一阵石头块。下面立刻传来叽里哇啦的叫声。

阿力斯泰对这场战斗很满意，一个叫赤内德的被打晕了，拜因的手被打伤，他们的船也给敲了个洞。拜因等人只好狼狈地逃出山洞。

为了准备抵挡敌人的下一次进攻，三个孩子都忙着分头去收集石头块。

"如果能想办法和敌人周旋到天亮，潜水艇是非下潜不可的，那帮匪徒也得滚蛋。当然，这种可能性不大，但还是应当努力去争取。"

阿力斯泰正想着心事，突然，珍妮在附近喊了一声：

"快来！快来！我掉下去啦。"

接着就听见一阵土石滚落的声音。珍妮不见了。

怎么回事呢？原来旁边有个不太深的石坑，珍妮没看着。她只顾捡石头，结果一失足，就滑下去了。

弗兰克和阿力斯泰连忙来到坑边。隔了一会儿，从坑底传来珍妮微弱的声音。

"我没摔着，就是叫沙子和土呛得难受。"

阿力斯泰顺着石壁慢慢地滑了下去。他们发现那儿还有一个小洞口。这个洞口每次只能钻一个人，而且还得先把脚伸进去，再进身子，这可是个有利的地方。

三个孩子依次钻进小洞往里爬，最后竟越来越宽，他们三人都能挤下了。

珍妮拿着手电四下照了一圈，发现山洞的这一段很窄，洞底向下倾斜，形成一个20多尺长的坡，然后就到头了。这里的石头很结实、圆滑，连一个小裂缝也没有。

弗兰克忽然想到还没有查看顶上的情况，就说："来，把手电往上照一照。"结果，发现这个洞一直朝上陡得很高，连顶都看不着，而且石壁上凹凸不平，脚可以踩上的。

珍妮首先向上爬去，弗兰克和阿力斯泰也慢慢地跟了上去。

洞越来越宽了，突然他们发现有一丝光线从外面照进来。

"是月光！"两个男孩子几乎同时叫了起来。

珍妮兴奋地要掉出眼泪了。"太好啦，咱们又有出路了。"说着，她将身子从石缝里钻了出去。

阿力斯泰急忙从后面拉了她一把，然后他们换了下位置，阿力斯泰从石缝里钻了出去，他发现这个口子正好在石崖的顶上，离发现芬格尔鬼船的地方不到一百米。可是，他们现在还不能在山顶上露面。一来那样容易被敌人发现，二来就是出了山洞，没有船也离不开斯他法岛。于是孩子们开始想起办法来。

为了吸引敌人的注意力，阿力斯泰决定和弗兰克回到原来的小洞里去，等战斗打响后，珍妮就爬到山顶去，把食品口袋和干草烧着，向乌尔洼报警，守在窗前的爱思白丝会看见的。

两个男孩子很快就回到刚才那个洞口等着。没隔一会儿，拜因他们带着探照灯和机关枪又回来了。他们搜遍了洞里的每个角落，又爬上了岩石台阶，最后发现了珍妮掉下去的那个石坑。

拜因马上命令一个德国兵进去看看，可他刚要迈脚往里钻时，洞里飞出几块大石头，这家伙惨叫一声，摔倒在地。

接着，拜因又命令彼得钻进去，可彼得挤来挤去，弄得满头大汗，还是钻不进去。

拜因狂叫道："快去把炸药和信管拿来！"

彼得想了想觉得不妥，他提醒拜因说："这样做的结果，不是将引爆器、图纸和那几个孩子一起埋掉了吗？"

拜因一听也急了。他勉强把嗓门压低了一点，"孩子们！如果你们马上出来，把包裹交给我，我可以保证你们的生命安全。"

阿力斯泰和弗兰克没有理他。阿力斯泰想，那个包裹对拜因本人和德国法西斯肯定有很大的作用，所以无论如何也不能让敌人弄去。于是他朝洞外面大声地喊："你别妄想了，拜因。我们不出去，包裹也不给你。你想炸山洞就炸吧！我们不怕。"

拜因气得暴跳如雷，扭头命令一个德国兵马上去拿炸药。

一两分钟以后，那个德国兵空着手匆匆忙忙地跑回来报告说，"洞口的哨兵发出信号，说岛上起了火。"拜因和彼得感到很奇怪。

这时，另一个德国兵跑进来说："潜艇发来信号，说它即将潜水，限我们5分钟返回。"

拜因一听慌了手脚，他下令砸沉阿力斯泰的小船，然后急急忙忙地离开了山洞。

阿力斯泰和弗兰克发出胜利的欢呼。他们钻进石头"烟筒"，和珍妮会合去了。

当他们爬到山顶的时候，果然看见山顶的那一头上火焰冲天，浓烟滚滚。

孩子们向海面望去，发现拜因的两只船正向潜水艇驶去。可是，不知为什么，那艘德国潜艇忽然像一只巨大的水柱一样，慢慢地钻进了水里。水面上光光净净地什么也看不着了。拜因和彼得被这个突然的变化弄得不知所措，那两只船原地掉了个头，又朝着斯他法岛开过来了。

阿力斯泰对这个情况稍微有点儿担忧，他估计拜因是怕他们把秘密泄露出去，想回岛上抓他们的。

弗兰克想了想说："咱们是不是再钻到那个洞里躲一躲？"

阿力斯泰把四周的情况都观察了一下，果断地说："不用了，敌人回来一定先进山洞去找我们，而且你们往那边看。"他说着转过身子指着乌尔洼岛那个方向。

弗兰克兄妹抬起头朝乌尔洼那边眺望着。只见十几只机帆船飞也似的朝斯他法岛开过来，而且还有海岸警卫队呢。

"爱思白丝多好啊，她一点也没耽误。"弗兰克说。

这时候头一只船在悬崖下面靠了岸，船上坐着麦金农医生，威廉舅舅、爱思白丝和一个青年渔民。三个孩子向他们跑去。

"我的珍妮哟，究竟出了什么事儿啦？真是上帝保佑，三个人全活着，没摔没碰的，你们的小船呢？阿力斯泰。"

三个孩子迫不及待地把事情的经过告诉了大人们，并把那个盒子拿了出来。

正当大家都在专心研究那个盒子的时候，敌人的第一只船已经开到了海角。"嗒嗒嗒"，一排子弹突然射到麦金农那只船附近，那个渔民的左胳膊受了伤。

麦金农医生立刻组织还击。拜因等人见不能取胜，只得掉转船头，开足马力，企图向公海逃窜。就在这时，海岸警卫队的巡逻快艇正好靠了岸。

"赶快去追那两只船，那里面坐的是德国特务。我是乌尔洼的麦金农。"

那个队长接到报告，马上追了上去。阿力斯泰等人也上了爸爸的船，向拜因的小船追去。

巡逻快艇很快超过敌船向前方驶去，走了一个弧线，堵住了拜因逃向公海的去路。这时，一艘英国驱逐舰也出现在拜因的小船前面。

他们无路可逃，只好乖乖举起了手。

警卫队的队长对这场小小的速决战十分满意，他对麦金农医生说："咱们的驱逐舰已发来信号询问这里的情况。您能不能跟我一道去舰上走一趟呢？"

"当然可以。"医生说着把船转了个方向。

没走多一会儿就到了英国海军"甘菊号"驱逐舰的旁边。大家都登上了甲板，舰长很客气地接待了他们。没等舰长提出具体问题，阿力斯泰就急忙向舰长汇报，说一艘德国潜艇朝着西北方向逃走了。

舰长马上叫来一名通讯兵，命令他向"紫罗兰号"驱逐舰舰长发报，请他立即追击敌潜艇。

然后，舰长对麦金农医生说："好吧，现在要听您的了。这几个德国匪徒给您惹了不少麻烦吧。"

"不是我，舰长。"医生赶快解释说："全是这几个孩子干的，还是让他们自己来叙述吧！"

于是阿力斯泰详细地讲述了事情的经过。

当舰长看到那个包裹里的引爆器时，脸上露出了惊讶的神色。"我为你们的勇敢机智而感到十分自豪。我一定把你们三个人的英勇事迹上报海军部。"

"那您一定要把爱思白丝也写上。"珍妮天真地说，"是她教给我在发生意外时点火做警报的。假如发不出警报，我们一定会落到德国法西斯的魔爪中去呢。"

"不，别把我这老婆子也拉进去了。"爱思白丝急忙阻止说："我感到遗憾的只有一件事，就是我不能狠狠地把彼得这坏蛋教训一顿。"

舰长的嘴角上挂起了一丝微笑，他按电铃叫来一名战士，"把犯人拜因和彼得押到这儿来。"

不一会儿，犯人被押进来了。

拜因一进来，就采取了先发制人的策略，为自己狡辩。舰长沉着冷静地将他驳得哑口无言。接着，舰长冷笑一声，又对彼得说："彼得·穆斯坤先生。这位妇女有话对您讲。"

爱思白丝怒不可遏地站起来向彼得扑过去。"彼得，你这个卖国贼。你们那样虐待这几个手无寸铁的孩子，真是丧尽天良啊！你算个什么英国人？我今天非把胡子给你拔下来不可。"

她一边骂一边冲上去，一把揪住了彼得的红胡子。彼得急忙用双手捂住脸，可爱思白丝硬抓住不放。两人这样拉拉扯扯地相持了一会儿。突然，爱思白丝一使劲儿，把彼得的胡子整个儿给揪下来了。原来那红胡子是假的。

舰长一看，吃了一惊，马上认出他就是英国海军一直在各个港口搜捕的德国间谍汉斯·但克诺。

爱思白丝长长地吁了一口气说："怪不得呢，我们苏格兰人哪能出这种坏蛋呢。"

这时，"紫罗兰号"发来电报，电文是：

"已迫令敌潜艇浮出水面。敌全体官兵投降。请协助护航。"

犯人们被带了下去。

舰长转过身来和每个人一一握手告别，他对孩子们说："你们这几个小鬼，回家等着，你们很快就会收到海军当局的嘉奖信的。还有你爱思白丝老太太。"当他来到珍妮跟前时，他把一盒精致的饼干送给了她，"这算是奖励你的勇敢吧。"舰长和蔼地微笑着，"这东西总能让你在晚饭以后，哦，不，应该说早饭以前，不至于再挨饿了，对吗？"

（吕爱丽 缩写）

岩 洞 探 险

〔英国〕理查德·丘奇　原著

　　约翰·瓦尔特斯坐在一块岩石上，心里盘算着有关暑假的事情，漫长的假期到现在，剩下仅仅两个星期了。他近乎孤独地住在叔叔乔治·瓦尔特斯医生的乡下住宅里。觉得好像什么事也没做，到处闲荡的时光太多了。

　　在他与山脚下其他岩石的突出部分之间是一片四英尺高的蕨草带，一种海水似的咸味从草丛中升腾开来。他索性摘下新眼镜，当他用一块小软皮擦拭镜片时，听到了一阵隐隐约约的响动。

　　约翰全神贯注地观察着时而分开时而合拢来往摆动的蕨草叶，草丛中像是有动物活动。不一会儿，响动已转移到了一棵花椒树下，接着传来一阵混乱的骚动声。看来，这个动物像是在搜寻着自己所需要的什么东西。

　　约翰离开了自己的观察台，往地下跳去。却不慎扭伤了脚踝骨，但他顾不得疼痛，来到花椒树下，用棍子随意地到处拨弄着。当他戳到花椒树荫下面小岩石笼罩着的蕨草丛时，突然感到棍子触到的不是坚硬的地面，而是一片空间。

　　约翰用双臂分开蕨草，发现了一个直径约有四英尺的洞穴。一股潮湿的冷气从穴内吹出，令人毛骨悚然，也令人兴奋激动。

约翰先用棍子试探，然后把脑袋伸进洞口，爬进一条狭窄的隧道。他胸脯贴在地面上，觉得身下的苔藓变成了光秃秃的石头。他极力往前看，但什么也看不清。他听到了一阵微弱的响动，有点像人的脚步声，也可能是远处传来的滴水声。

约翰猛然意识到，自己是一个人在孤军奋战。问题的关键是，必须为探险做好准备。想到这，他好不容易才从原路退回去。上衣脱掉了，纽扣也弄掉了，真是狼狈不堪。

一出洞口，他觉得好像一脚迈进了火炉似的酷热中。他想在回去吃晚饭前，琢磨出对付这个岩洞的下一步行动方案。

约翰用花椒树上的红枝条代表他心中考虑过的探险时的必需品，然后又想到另外一个问题。假期中，他参加了一个秘密活动小组"印第安斧俱乐部"，这个小组由五名小学生组成。因此，下一步就是要尽快召开一次会议。

约翰整理了一下衣服，来到叔叔家的大门口，忽然看见临时的邻居乔治，他也是小组的成员。没等乔治过来，约翰就跑过去，他戴着镜子的眼睛在暮色中闪着急切的光。

"怎么啦？"乔治问，"看上去你好像发现了什么秘密。"他好奇地大声说。

"是的，"约翰几乎叫起来，"我发现了一个秘密！我们必须把'印第安斧俱乐部'所有成员召集起来。"之后，他尽量控制着自己，把他的新发现告诉了乔治。乔治马上就去通知俱乐部成员来开会，说完两人就分了手。

第二天上午9点钟，约翰溜出了叔叔家的大门，走向花园灌木丛中一条通向河边的小道。他发现"印第安斧俱乐部"的成员哈罗尔德第一个到达。因为他不论干什么都抢在前头，特别着急，小伙伴们称他为"闪电"。然后，孩子们陆续到了。乔治是和一个名叫卡恩伯特的胖男孩一起来的，这孩子长得又胖又壮，别人叫他"胖墩"。

约翰为了回答三个伙伴急切的询问，开始向他们叙述自己的发现。还没来得及细讲，第五个成员阿兰就来到了。他有着一副洪亮的嗓门儿，能够压倒一切反对意见。一般情况下，没有人向他提出异议。

于是约翰第二次讲述自己的故事。伙伴们听得入了迷。幸亏乔治在一旁提醒大家准备探险所需物品时，他们才商量起具体的探险方案来。

会散了，小伙伴们满腔热情地开始了准备。约翰悄悄地询问着每个人，记住谁去准备绳子，谁去准备工具，谁去准备食物等。

阿兰最后说："我们应该在星期三早晨开始行动，要把一切准备好。"他很自然地被大家推举为领队。

小伙伴们整整忙碌了两天。他们要把自己所需要的东西都找到，可不是一件容易的事。约翰的叔叔曾是个登山运动员，到他的车库去一趟可能会有收获。可开始时找了半天，也没发现什么。他正从阁楼上往下爬，叔叔的车子已开进了院子。

"喂，"叔叔问道，"你们的会开完了没有，下一步要干什么？"这一问使约翰受到了鼓舞，他便把自己如何发现岩洞以及五个孩子如何计划进一步探洞的事告诉了叔叔。

"青年人不可失去探洞、探山或其他可考查自己体力和智力的机会。"叔叔说道，"你爬回阁楼去，我们一块看看能否找到可以促成这件好事的东西。"

叔叔打开了一个柜橱的锁。他伸手从里面取下一根保存完好、缠绕有序的绳子递给约翰，教他如何使用它。然后又借给他一把袖珍手电。另外，在约翰的雨衣里，叔叔放进了一个小的急救工具包。

叔叔冷静而又庄重地盯着约翰的眼睛，目光中流露出极大的信任，"作为一个男子汉，任何事情都必须想在前面。这次探险是你的主意，你要为其他孩子和自己的安全负责。我会替你保密的。但是，你必须在那天晚上7点钟以前赶回来，如不能的话，我就出去找你。"

星期三早晨9点钟，"印第安斧俱乐部"的每个成员都小心翼翼地从家里溜出来，把各自携带的探险工具藏在雨衣下面，集中到了预定地点——蕨草地中间的大岩石旁。

阿兰马上担负起指挥的责任。他命令小伙伴们依次把自己准备的东西拿出来。小伙伴们从雨衣下面掏出绳子、斧子、凿刀、蜡烛、食品等，阿兰检查完，他对乔治的黑提灯不屑一顾。而他自己除了电灯以外没带别的东西。

约翰对大家说："我们该走了。"阿兰马上采纳了这个建议："现在走!"他大叫了一声，似乎这个建议是他提出的，"约翰，把东西收好，你带路，到了洞里边，我再替你。"

五个孩子从岩石上下来，排成印第安纵队朝花椒树走去。每个人带着自己的东西和一根用来探路的松木棍。约翰把洞前的蕨草分开，洞口便显露出来。阿兰第一个进入了隧道，其他人跟在后边。

洞里漆黑一团，袖珍手电的光线显得很弱。因此，阿兰一直亮着他的灯。孩子们的眼睛对地下世界渐渐适应，阿兰小心翼翼、一步一步地挪动着：用棍子在前面开路。

阿兰已爬到隧道的狭窄处。他奋力挣扎着往前爬，像一只钻进兔子窝的小狗。突然，他的脚和腿向前一纵，过去了!

约翰紧跟着费了好大力气也爬过了狭窄的脖颈口。他两眼注视着开阔的空间，阿兰把强烈的电灯光线朝他射来。

这是一个相当大的洞：他们发现上方还有20英尺的空间。洞内是一种神秘的寂静。他们听到身后隐隐约约攀爬的声音。突然，灯光停止了移动，洞顶上有一条巨大的裂缝，两个孩子惊恐万状地凝视着。裂缝延伸到一个岩瘤边，水滴从松软岩瘤表面渗透出来。下方有一个很大的岩柱，那是钟乳石。水滴发出微弱的响声，那天约翰在隧道中所听到的就是这个声音。

两个孩子只顾两眼盯着上面，这时后面有人抓住约翰的脚，这提醒了他。闪电从隧道里爬进来。一过来，他就兴奋地嚷起来，约翰示意他克制一点。

洞里的三个孩子听到哼哼唧唧的声音。原来胖墩被夹在隧道里了。他挣扎着通过隧道脖颈口，最后他不得不放声大叫，那声音就像有人掐住他的喉咙。

约翰接过阿兰手中的灯，顺着隧道，朝着胖墩爬去。他向胖墩喊道："你先把衣服脱掉，再使足劲呼吸，然后屏住气往前蠕动。"

实践证明，这话是对的。胖墩粗大的身体往前挪动着，汗水顺脸颊滴下来，他终于钻了过来。乔治拖着胖墩的大食品袋，也通过了脖颈口。

胖墩饿得受不了了。他请大家一起分享他带来的食物。这几个小伙伴，在岩石边上一字形排开坐在那儿吃开了。

饭很快吃完了。阿兰提起灯，将光柱投射在洞穴底部。孩子们所处位置太高，看不清底部的详细情况。

阿兰说道："我们沿着左边的石脊向前走一下。说不定那儿有往下走的路。"约翰表示赞同，"这石脊有点歪斜，滑下去就糟了，我们必须像登山运动员那样，用绳子把自己连在一起。"

乔治点着了他的提灯。红红的火苗与电灯光一比，就像熟透的橘子。孩子们觉得有了这盏灯，心里会更踏实一点。石脊上的斜坡变得越来越危险，孩子们行动更谨慎了。

通过了一段松散的路面，绕过一个巨大石柱的平台，孩子们发现岩石内侧有个出口，大家异常激动，便大胆地走了进去。巨穴的寂静并没有追随他们进到里面来，奇怪的滴水声正从深处传来。

"这声音是从下面来的。"胖墩一面说，一面向前倾着身子，并用手电照着传来声音的地方。五个孩子的眼睛紧紧盯着下面圆圆的深井，但手电照不到它的底部。

"我们必须决定谁下去。"约翰说着看了阿兰一眼。阿兰一言不发，退缩了。忽然，他有些鲁莽地说："那么我们全都下去！"约翰沉稳地说："我们不能那么干。因为需要三个人在上面看着绳子。这样吧，我和闪电先下去。"

说着，约翰将绳子牢牢系在腰间，打开手电，身体下降到穴道里。乔治和胖墩负责往下放绳子。约翰的身体来回摆动，他把脚伸出来，想止住身体的旋转，但仍够不着洞壁，头有些晕，腰间的长手电掉了下来，灯光熄灭了。顿时，黑暗笼罩和包围了约翰。

约翰感到了恐惧，他紧紧抓住头部上方的绳子，以减轻腰部的重量。幸好，上面的电灯光束照了下来，他可以依稀看见黑乎乎的洞穴壁。腰间的绳子使他越来越难受。忽然，他觉得两脚着了地，终于到穴底了。

借助于叔叔送给他的袖珍手电的光，他仔细观察着周围的情况。他发现自己坐在平滑坚硬的岩石板上。一条小溪从洞穴底面的裂缝穿过。

"快点，约翰！"闪电的童音顺着穴道飘过来。约翰从腰间解下绳子，向上面发了信号，绳子很快收上去。过了一会，他看到一个人影在微弱的光束前正往下降，这是闪电。

约翰接住旋转的闪电，把他轻轻放到地上。闪电查看了一下穴底，然后掏出指南针，专注地审视着，"我们现在处于小溪的北岸。"这消息使约翰精神大振。他说："这说明，河是往西流，我们是从大洞背面进来的。但不知道，小溪流出岩洞会不会在某个地方重新会合？"

两个孩子着手下一步的行动。他们要想方设法找到锅穴与上面大穴相连的通道。约翰拿出相纸簿，写下了要说的话，把它系在绳钩上，发出信号，绳子开始上升。但刚一离地，就听到从穴口上传来了一声惊叫。一转眼，整条绳子掉了下来。

"我们落到陷阱里了，现在该怎么办？"闪电问，他声音里并没有失望的调子。约翰在盘算着沿着河床有没有路。他思索片刻，说："走吧！让我们去找出路。"

刚才是胖墩发出的惊叫声。没人能说清楚，漏子究竟是怎么捅出来的。本来乔治与胖墩小心地往下放着绳子。阿兰离开了穴道边缘，也加入了他们俩的行列。但绳子缠住了他的脚踝骨，他大叫一声跳开了。胖墩想缠住绳端，仓皇间不小心地碰了阿兰一下，阿兰不由发起了脾气。

胖墩吃了一惊，双手松开了绳子，乔治没有伙伴配合，绳子便滑进了洞穴里。可怜的胖墩泪水几乎要流下来，他在心中责怪自己，他担心穴下伙伴的命运，但他的沉默使阿兰更加得寸进尺。

乔治认为必须迅速采取行动，当务之急是找到一条拯救约翰与闪电的通道。他决定只身行动，他向大平台的另一侧走去。

提灯的光线倒很稳定，但却微弱。他爬上平台上的一个石脊，向前摸索着。洞壁突出来，将石脊分开，他瞧着这堵障碍，忽然耳边传来有规律的滴水声。他专注地听着，看来约翰他们下去的锅穴一定还有出路。

乔治小心地拿起灯，沿着弯曲的石脊，朝溪湾的内侧走去。他惊奇地发现，自己正深入洞穴的主要部位。流水声更清晰了。他心里不断推测着自己与锅穴底面的两个小伙伴以及和阿兰他们之间的位置。

当乔治来到溪湾背面，发现石脊突然中止。他便开始探索石脊右侧的岔路。但前方出现了一个陡峭悬崖，通道被斩断。乔治站在这小型峭壁的顶部，环顾四周，想寻找一个可帮他下降的工具，但他目前必须返回去找阿兰和胖墩。

阿兰和胖墩正趴在锅穴边缘，用电灯和手电拼命往下照。一看乔治来了，阿兰连头也不抬，故意显得把全副精力都集中在穴底，"我们必须想办法把他们两个弄上来。"话音里带着一种身负重任的口气。

"但他们在哪儿？"乔治问，"他们发信号了吗？"

"是的，他们有过信号。他们要沿着小溪继续探索，设法找到它的出口。"胖墩说。

这消息使乔治精神大振，他激动地说："我发现一条与他们相会的道路。跟我来，我们最好快点。"他率先出发，阿兰觉得自己被晾在了一边，但最终还是跟在乔治和胖墩身后，向前走去。

此时，约翰和闪电也正沿着溪岸找一条出路。靠近小溪的穴壁渐渐向外扩大，把两个孩子带进一个底面几乎全是水的隧道。他们在手电光线的指引下，慢慢地朝前走着。绕过隧道的一个大弯，他们担心的问题出现了，小溪右岸的路消失了，河床裂层里，一个狭窄的瀑布挡住了去路，他们在锅穴底面听到的就是瀑布的水声。

溪水在靠近瀑布时停止了它淙淙的乐声。汇集成深而滑的漩涡，沿着远处的河床向前流去。隧道壁被奔流的水弄得湿漉漉的，在灯光下微微发光。

约翰从瀑布的波涛中收回视线，他推了推正被瀑布吸引了的闪电，两个孩子开始考虑怎样才能把隧道右边那个弯内的情况察看清楚。从他们脚下的小岩石突岬，看不到前面有出路。

怎么办呢？两束手电光照来照去，找不到要过去的路。约翰仔细察看着水流，发现突岬附近水势直缓，他分析这很可能是下面地势偏高。他当机立断，用绳子把闪电和自己连起来，然后毅然涉入冰冷的水中。

万幸得很，水下面是一个窄窄的石脊。约翰提高警惕，以试探石脊的变化情况。不一会儿，他们的腿和脚都几乎被冻得失去知觉。约翰告诫后面的闪电不要太急。因为闪电每次向他靠近时，总是不断地放松绳子。

隧道的顶部逐渐变低，一面石壁横跨在小溪上，孩子们停下来。约翰将两束手电光集中照射在溪水下面的转弯处，终于发现在水面三英尺以下有一线淡淡的微光。

"看，闪电！"约翰激动起来，"就是它，人们称它为'弯管'，探险家们钻到里面去，凭运气一定会从另一边钻出来。"

闪电仔细地察看了他们与水下岩石表面的距离。然后非常自信地从背带上抓过凿子，轻轻敲打着石面。石面发出了"咚、咚"的声响。

"天哪！"约翰大叫道，"伙计，这听起来根本不像石头，而像一面鼓。"闪电接着也茅塞顿开。他嚷叫着将身子往前探了探，身体向一侧歪去，幸亏约翰紧抓住绳子，闪电跌在了隧道壁上，又往前栽了一下，才恢复了平衡。

于是，约翰和闪电站在没膝深的冷水里，轮流凿着石壁。此后，唯一听到的声响就是锤子与凿子的敲打声和小溪潜流发出的嘶嘶声。

乔治他们三个伙伴也在黑暗中摸索着，寻找着出口。探险者们深一脚浅一脚地跋涉着，谁的情绪也不好，他们来到乔治刚才探过的凸壁下。

乔治两腿横跨在凸壁上给大家做示范。阿兰用一种粗野的声调对他吆喝起来，"回来，你这个傻瓜，没考虑成熟不能冒那个险！"

阿兰的语调是断然的，乔治极力忍耐着，叹了口气，从容地说："你瞧，阿兰，我已经考虑好了。假若你一定要坚持，你可以带路，你先过吧！"

这席话使阿兰怒气更盛。胖墩不介入两人的争端。他站起来，想要爬过凸壁。可他的举动引起了阿兰的不满，显然这是对他尊严的蔑视，只见他冲到凸壁前，一把抓住胖墩的腿，不让他爬过凸壁的半腰。

"放开手！"胖墩喊道，他用脚去踹，以挣脱阿兰紧抓着的手。这一脚劲真够大的，踹在阿兰的胸脯上，同时把阿兰的大电灯也踹飞了，掉进了黑暗中，下面传来破碎的声音。仅有乔治那盏黑提灯的光照在凸壁和石台的边缘上。

胖墩被自己鲁莽的行动吓得目瞪口呆，阿兰也傻了，站在那儿就像一个丢失了王冠的国王。乔治一言未发，他在想着约翰和闪电。

胖墩后悔极了，他向阿兰慢慢走去，忏悔地说："哎呀，我的上帝，我简直克制不住，我非常抱歉"。阿兰两眼凝神注视着，目光似乎要穿透胖墩。但继而他神情黯淡下来，他嗫嚅着："这是我爸爸的灯，拿的时候我根本没告诉他。"

乔治用平静的口吻说："这下子可好，我们只剩下这盏黑灯了。前面任务艰巨，我们走吧！"说着率先朝岩石走去，爬过凸壁的另一侧。阿兰打起精神，在乔治的帮助下，也爬过来。胖墩递给他们携带的物品，随后也和伙伴会集一起，开始朝穴底进军。

他们艰难跋涉着。除了不时传来乔治的一两句话，其他没有任何声响。当三个孩子来到一个湾口，拐进岩石裂口内时，从洞顶巨大钟乳石上滴下的水声，打破了这无边的寂静。

为了节省时间，他们边吃边走，乔治在前面带着路，来到了刚才他探过的悬崖。悬崖使空间更暗，小提灯在黑暗中忽闪不定地摇曳着，它的光已变得很微弱了。

悬崖上有一块圆石头，在上面系一根绳子，人就能沿绳子下到15英尺下的悬崖底。乔治缠好绳子，胖墩越过悬崖边缘，顺着绳子下到底面，并在下面的石脊上找到一个安全的落脚点，阿兰和乔治随后也下到底面。

队伍继续往前探索。不久，他们的灯光逐渐暗下来，变成了淡淡的桔黄色。火苗突然发出劈啪的响声，接着就熄灭了。乔治沮丧地盯着这盏灯，孩子们再一次停下来，不知下一步该怎么办。

突然，胖墩高兴地嚷起来："蜡烛！我们忘了蜡烛！"他把手猛地插进随身带的布袋，摸出几支蜡烛，递给另外两人各一支，借助烛光，他们察看似乎是无计可，施的局势。穴底的表面散乱地堆放着破碎的页岩和砾石，真菌与片片苔藓点缀其间。

穴壁的弯度并不大，没搜寻多远，他们已来到底面的水边上。前方10米以内，有一个巨大的岩洞。溪水正从洞内倾泻而出，恰如从一个巨人口中喷出一样。

三个孩子停住观望着。乔治双目紧皱，沉着脸，凝神注视在烛光闪烁下的穴壁。这时，他将蜡烛举过头顶，走到水面4英尺之上的一个地方，从腰带上取下锤子敲打起来。细听一下声音，他对伙伴们说："依我看，这像一个裂纹，我们说不上能从这儿打开。"

乔治勘察好，打凿的正确位置应该是裂纹的顶部。与此同时，胖墩带着锤子和凿子，涉过溪水，在对岸，一处岩壁卖力地干起来，于是两个地方的凿击声互相应和。

第二只蜡烛点上了。精神恍惚举着蜡烛的阿兰好像听到了一种什么声音。他示意两个伙伴停下来，将耳朵贴在石壁上。的确，从石壁的另一侧传来了敲打声。

乔治冷静地说："这是约翰他们在另外一侧作业。我们必须坚持不懈地干下去，直到把他们救出来。"

一刻钟后，敲打声现在已能听得一清二楚。声音刚才是来自小溪的这一边。胖墩忽然发现在他打凿的那块岩石面上，碎片纷纷下落，然后裂开一个洞，石壁的穿孔透过一线光来。

孩子们干劲更大了。终于，在猛烈的敲击下，石壁面开始剧烈地抖动。乔治审慎地望着这重障碍，观察开凿部位，他大声通知约翰，让他们往后站站，等他们推一下。三个伙伴一齐用力，石壁面倒塌了，溪水通过洞开的石壁畅流过来。

伙伴们重新聚在一起，兴奋异常。乔治携带着的野餐篮子打开了，胖墩点上了那只酒精灯，煮起牛奶来。不一会儿，锅里就溢出了香味，大家喝了起来。约翰与闪电不断揉搓着自己麻木的双脚，脚渐渐有了知觉。

时间是5点10分。孩子们穿过洞穴底面，沿着小溪右岸来到一个明亮的小洞口前。约翰将棍子伸进水里，探测它的深度。然后说："这就是被人们称作'弯管'的地方。水从上面流到下面去，这与我们刚才通过那儿的情形相似，只不过那儿水深而管短，这儿管长而水浅。"他进一步解释道："从穿射过来的光线判断，我看这儿离洞外只不过有四、五英尺。我们可以潜水过去。"

伙伴们被说动了心。闪电和胖墩跃跃欲试。乔治悄悄观察着阿兰的反应。像通常一样，阿兰又把火发在胖墩身上。

"你在干什么？"阿兰大声责问，"我们是在拿自己的生命冒险！另外，还把所有的东西糟蹋了！我建议，从原路回去！"

约翰刚想说话，乔治先于他说："假如我们从原路回去，那就动身吧！我们一天干了这么多事，已足够了。我不想再做其他解释，当然还有其他原因。"他意味深长地瞅了约翰一眼。约翰推断，这里面肯定有文章。他已注意到阿兰的电灯和胖墩的手电没在手上。他也没追问，再说他也累坏了。于是，队伍往回走去。

孩子们的确累了，迈着沉重的步子，完全忘掉了行军纪律。他们来到了那个大湾。在突然升高的隧道顶部，有一束明亮的移动着的绿色光影。孩子们看到，这是通向外部天地的出口，出口外面被灌木丛及绿树的枝叶掩映着。

爬上最后一段隧道，探险队伍来到了洞口。闪电首先跃到岩洞外，其他人跟上来，五个孩子站成一个圆圈。你瞧瞧我，我瞧瞧你，一个个满身泥污，狼狈不堪。

约翰看了一下手表，"6点15分，"他提醒大家。"我们还有三刻钟的时间，找找小溪究竟是从哪儿流出来的。"

伙伴们向山下走去，"看，阿兰，"乔治冒出一句话，"这就是小溪从洞中流出的地方。一小时前，我们离这儿仅仅几英尺远。"

阿兰没有做声。

"从这边看，'弯管'显得很黑。"约翰说着，弯下身，把头伸进出口处往下瞧。溪水正从这儿湍急地流出，然后又急剧地顺山坡淌下，汇入大海之中。

大家分手的时刻到了。闪电像一只蝴蝶似的第一个离开队伍，那远去的身影轻盈得犹如一片羽毛。胖墩和阿兰一起走了。临走时胖墩说："我和他一块回去。因为我的过错才丢失了那个电灯。我要向他爸爸解释，这样可能会好些。"

剩下的两个孩子站在那儿，注视着他们远去的背影。夕阳已经落在大树后面，约翰看看表，差20分就7点了。

他和乔治道了别，回到家，叔叔迎上前来，拍拍约翰的肩膀，微笑着问着探洞的经过。约翰觉得自己长大了，他从叔叔的眼神中读出了这一点。

（邱纯义　缩写）

短　　剑

〔苏联〕雷巴柯夫　原著

　　米沙——一个来自莫斯科的男孩子，暂居在列夫斯克的爷爷奶奶家。这几天，他特别羡慕小伙伴耿卡有一副好弹弓。早晨，他从床上爬起来，钻进了杂物房。

　　米沙用铅笔刀切下窄窄的两条自行车内胎，刚要走出去，忽然看见和他住在一起的部队政委波列伏依站在走廊里。

　　米沙连忙躲在一旁，只见波列伏依在狗屋前的木头上坐下，把一双手塞到狗屋底下，摸索了好久，然后站起身来，走回屋。

　　米沙赶紧把弹弓做好，然后轻轻地走到狗屋跟前，把手塞到狗屋下面。他的手指碰到了一条裂缝。在那里摸到一件柔软的东西，有点儿像烂布。米沙把烂布拖了过来，他把布卷儿上的泥土抖掉，解了开来。

　　短剑！它没带剑鞘，是一把海军军官佩带的短剑。米沙对短剑望望，把它卷到烂布里，塞回到狗屋下面，回身走上台阶。

　　屋里，爷爷正和波列伏依亲切交谈着，奶奶在厨房里做饭。波列伏依抽着烟，讲述远海航行和水兵起义的情况。他讲到战斗舰玛丽亚皇后号，世界大战时，他乘在这艘兵舰上航行。

　　"问一下短剑的事吧？"米沙心里想。"不，不能，他会以为我存心注意他哩……"

这天，米沙正和新结识的小伙伴耿卡玩，突然听见屋外的哪儿传来了枪声。机枪急促而时断时续地想着。两个小伙伴看见一群骑兵飞驰过空寂的街道，白匪冲进了城。

米沙向街上望了一眼，就紧挨着栅栏往家里跑。进入屋子，在门旁愣住了。

饭厅里，波列伏依跟几个强盗正在进行一场决死的战斗。最终，波列伏依被强盗们扭住，带到站在窗前的白匪头子面前。

"短剑！"那个白匪用尖厉的声音嚷着。波列伏依一声也不响，他沉重地喘着气，慢吞吞地耸耸肩膀。那个白匪又嚷起来："忘记尼基特斯基了？我来提醒你！"

敢情这就是大强盗，白匪头子尼基特斯基！原来波列伏依是因为他藏起那把短剑的！

时近黄昏，米沙快速从狗屋下取出那把短剑，往袖口里一藏。忽然大街上响起了冲杀声，铁道部队包围了市镇。强盗们把波列伏依向门厅拖去。等到波列伏依经过门槛时，米沙摸到他的一双手，把短剑递到他的手里。

波列伏依向押送他的强盗刺去，然后乘机一纵身跳进院子里的夜色中。强盗们遭到了铁道部队的阻击，没能全部骑上自己的快马逃走，但是尼基特斯基溜掉了。

米沙成了小英雄，小伙伴们对他拥戴之至。但令米沙遗憾的是，他不能再待在列夫斯克了，过几天妈妈就带他坐着波列伏依的军用列车回到莫斯科去。

军用列车已经停在车站上了，米沙和耿卡在那儿跑来跑去打算着。耿卡在莫斯科有个姑妈，再加上米沙的怂恿和诱导，耿卡最后下定决心，到莫斯科去。

列车开到巴赫马契，客车从军用列车上解下来了，预备接着往莫斯科开。在军用列车准备往前线出发以前，波列伏依把米沙叫了来。

"嗯，小米沙，是我们分手的时候了，"波列伏依说，"这样，你瞧……"

他抽出短剑，握在左掌里。右手把剑柄的螺旋线转动着，接着完全脱下来了。波列伏依把中间打开来，原来这是一张卷成筒形的金属薄片，上面布满了莫名其妙的符号！

"密码……"米沙不禁脱口而出。

"是的，"波列伏依证实地说，"只是这份密码的索引在剑鞘上，而剑鞘是在尼基特斯基那里。现在明白他要这把短剑的原因了吧？"

米沙肯定地点点头。他又听见波列伏依接着说："我打前线回来，再调查这把短剑的事；要是不能回来，就留下它当作对我的纪念吧。"

米沙郑重地接过了短剑。

临走时，波列伏依又嘱咐米沙："要特别当心一个人，这个人姓费林，名字还不清楚。他是一心只想谋财害命的那种人。明白吗？"

军用列车离站了，米沙一直望着渐渐远去的火车的后影，回想着波列伏依的话。

米沙、耿卡和原来就熟识的伙伴斯拉伐三个人坐在莫斯科河的河岸上，沉思着瞅向天空。刚才斯拉伐和小财迷鲍尔卡玩打铜币游戏输了，鲍尔卡戏谑他们几个没有到过一个地窖里，那里有僵尸和棺材。没开开眼，真是孬种。

米沙和伙伴们决定去找到那个地窖。排演结束后，俱乐部的门被锁上了。三个孩子留在那扇通往地窖的沉重的铁门前。

他们用钳子打开门，一股潮湿而沉闷的空气从地窖里袭到孩子们身上。米沙揿亮了一支小手电，他们走进了地窖。

米沙顽强地向前走，耿卡和斯拉伐也不落后。手电的光线渐渐暗下来，终于熄灭了。过道越来越窄了，米沙摸到了天花板。他擦亮了一根火柴，光亮映出了好些大棺材的轮廓。

孩子们怔住了。火柴熄掉了，黑暗中，他们听到了一些不知什么东西发出的声响，猛然间他们的头上有样东西"叽呀"响了起来，一缕光线一闪，逐渐扩展开，并传来了脚步声。孩子们忙避在一旁，屏住了气藏在那儿。

天花板上的一块窨口板打了开来，从那里放下一道梯子，有两个人走进地窨，上面有人把箱子递给他们。他们把箱子放在原先的那些旁边。方才在恐惧中，孩子们把它们认作棺材了。

一个高个子绕箱子走了一圈，然后抽抽鼻子嗅嗅空气，问："谁在这里擦火柴来着？"

米沙哆嗦了一下，他觉得这个人的声音很耳熟。

"不过是你觉得这样罢了，谢尔盖·伊万尼奇。"一个男人回答他。孩子们听出了这是费林的声音，费林是小财迷鲍尔卡的父亲。

然后两个人爬上去，随身拖出了梯子。窨口板关上了，房间又沉入了黑暗。孩子们迅速地往回爬，从地窨溜进俱乐部，逃到了街上。

米沙暗自心想：万一费林就是波列伏依说的那个费林，高个子就是尼基特斯基呢？他躲在费林家，化了装，改换了姓名……这一切都是非常可疑的嘛。当然啦，波列伏依让他小心，不要盲目从事……

三个孩子坐在斯拉伐家里，他的住宅又宽敞又明亮。待斯拉伐关上门，米沙用庄重的口气说："我告诉你们，但是你们注意，这是件重大的秘密。把这件秘密告诉我的是波列伏依。这样，首先你们得立下诺言：不论什么时候，不论什么人，都绝不说出这件事。"

耿卡和斯拉伐庄严地许下诺言。

米沙用很低的音调说："记得吗？起先在地窨里后来走掉的那个高个子，他就是……尼基特斯基！"

耿卡差一点从椅子上摔下去，斯拉伐从沙发上站起身子，手足无措地瞅着米沙。

"你们听着，"米沙接着说，"尼基特斯基在他的匪帮里有个亲密助手，他的姓是……费林！"

"但这费林不明明是……"小斯拉伐是个追根究底的人。可实际上他还不知道，这个费林是不是那个费林呢……

米沙拿定主意说："我还没有把所有的事都告诉你们，到我那儿去吧。"

黄昏已经来到了，但米沙并不开灯。他从柜子里抽出那布卷，解开它，手上出现了一把短剑。耿卡和斯拉伐把身子往前凑着。

米沙拧开了剑柄，抽出那张薄片，铺在桌子上，然后指着上面的密码说："解答这密码的索引在剑鞘上，而这把剑鞘却在尼基特斯基那儿……"

"也许，这儿有着什么军事秘密吧？"耿卡问。

"有的。尼基特斯基正在寻找这把短剑。他们的匪帮在进行什么活动，可这里面，费林不一定就是波列伏依说的那个费林……"

"我们必须破获这帮强盗。"斯拉伐说。

"我们现在这么办，"米沙说，"我们轮流监视那地方，这样就可以不使费林和鲍尔卡起疑心，当我们把这整个匪帮踪迹查明白了，证据齐全，我们就去报告公安局。"

这天，米沙的院子里传来了耿卡的声音，"米沙，快点来，有事！"耿卡斜着眼睛向费林的仓库那边望了望。

米沙走出屋子，跑下楼梯。耿卡急冲冲地对他说："那个高个子，在小菜馆里。"

孩子们跳到街上，一直走到小菜馆跟前。一张小桌子后面坐着费林，但只有他一个人。

"刚才还在这儿，"耿卡摸不着头脑地说："跟费林坐在一块儿——他躲到哪去了？"

米沙很快地说："他走不远的，你向左走，我向右走，看能否追上。"

米沙走进一个胡同，看见那个高个子正在拐向别的街道，等到一辆电车驶过大街，高个子已不见踪影。

他藏到哪儿去了？米沙不知所措地打量着大街，然后走进对面一家集邮商店。店里冷冷清清，一个秃顶的红鼻子老头从店的内室走出来。他拿出邮票，然后又走进内室。

米沙翻着邮票，装出正在打量的样子，同时紧张起全身神经等待着。后室的内部有扇门响了一声，那个高个子穿过后门走掉了。

一盏电灯照亮了内室桌子的边沿，米沙看到了老头儿那两只瘦骨嶙峋的手。手上拿着一把黑扇子，手把扇子张开了一会儿，随后慢慢地合拢。于是扇子变成了一样长长的有椭圆形圆口的东西……

以后老头儿手上又有什么金属的东西亮晃晃地闪了一下，样子有点儿像一双圆圈和一双小球。老头儿把这些东西和合拢的扇子一起放进了抽屉。

老头儿回到柜台后面，沉着脸色说："挑好了吗？"米沙回答说："马上就好了。"

"快些，"老头儿说，"要关店门了。"

米沙慢腾腾地走回家去。就这样，他没见着这个神秘的陌生人。然而这一切真可疑，那个人是穿过后门走掉的。老头儿也显得特别警惕似的，财迷鲍尔卡及父亲费林也常常到这儿来……

米沙忽然想起了那把扇子，老头儿合拢扇子时，扇子变得像一把剑鞘，而且那个圆圈也像是剑鞘上的——莫非这就是那把剑鞘？

日子一天天过去了，三个孩子挖空了心思也想不出，他们用什么方法能把剑鞘弄到手。现在，已经肯定费林就是那个费林了，因为通过新伙伴阿格里平娜的祖母得知，费林从列夫斯克来，并且年轻时代在玛丽亚皇后号军舰上服役过，同时期波列伏依也在那舰上工作。

下一个问题是，必须彻底弄清楚，米沙上次在集邮老头儿那里看到的确实是剑鞘呢，还是那只不过是一把扇子呢？

夏天快要逝去了，空气中满溢着夏末的温馨的芳香。一辆广告车，色彩鲜艳，停在胡同的拐角处。经常在这里行走的路人，都看熟了这辆手推车子，它在拐角照那老样子停了好几天了。到晚上才有一个孩子来把车子推走。

集邮商店的老头儿，因为孩子把手推车放在店对面，老没好气地骂着孩子。但是孩子总是什么也不回答，把石块垫在车子底下，心平气和地离开那地方。

有一天晚上，孩子来了，把车子推进院里，接着走进扫院子工人的房间。

"叔叔，"孩子说，"我的手推车坏了，可以把车子放在院子里吗？"

"又坏啦，"扫院子工人向窗外望望，"放着吧，没什么大不了的。"

孩子走了出去，留意地碰了碰车子上的平木板，悄悄地在挡板上弹了一下，走了。

院子里空无一人，等到一切都暗下来的时候。从后门口走出了集邮老头和费林。他们就停在手推车旁边，老头儿压低了声音问："这么说，决定啦？"

"哼，"费林用带着怒气的声音回答。"尼基特斯基还有什么要等的。您把他引入迷途，这都有一年了。"

"复杂得很的密码，"老头儿嘟囔着说，"照一切资料看，这是里托列，可是你瞧，没有索引，是没法读的。"

"要是您能知道那儿是些什么，"费林低声说，"那也许能读出来了。"

"我明白，但有什么办法！"老头儿摆一摆手，"让尼基特斯基等一等好吧。"

费林走了。老头儿拖着小步子向后门口走去。他走进房间，向桌子俯下身子。他抬起头向窗外望望。一手拉着窗帘，另一只手拿着剑鞘。这时剑鞘可以看得非常清楚。剑鞘是黑色的，皮的，上面有金属的小圆圈，尾部有一双小球。

扫院子工人走出来，刚想把大门关上，耿卡和斯拉伐出现了，孩子们把车子推到街上，在一个没有人的胡同里，两个孩子抽掉上面的平木板，拉下挡板，米沙跳了出来……

他们想出用手推车的这个主意多好哇！他们每天躲在手推车里，向老头儿的店铺窥伺了一星期。有几次他们还看到了剑鞘。只有一件事还不明白：老头儿对费林说，没有索引他解答不了密码，但是索引不明明在他手里的剑鞘上吗？他到底要解开什么密码呢？

好吧，必须把剑鞘弄到手，那时一切会弄清楚的。鲍尔卡他们是有办法骗上手的，他早就看中这辆手推车了。

过了几天，鲍尔卡吹着口哨，一路不停地走着。他拿着一个用报纸和细绳包扎成的小包，父亲命令他从集邮商店回家的路上，哪儿也不许逗留，要把小包完完整整地带回家。

经过教堂前的街口，鲍尔卡看见一群孩子围着车子，热烈地争论着什么。他走上前，好奇地打量着。

一辆精致的手推车。鲍尔卡蹲了下来，仔细查看起来，他把小包放在自己身边的地上，腾出手来摸摸轮子。

"车子自动会走，你试试看。"米沙说。

鲍尔卡推起车子，米沙和耿卡也跟了过来，用身子挡住了坐在小包旁边的斯拉伐。

鲍尔卡问起价格，觉得有些贵，他不想买。然后走向自己的小包，把它捡起来。继续吹着口哨，走开了。

　　孩子们等鲍尔卡一走，接着跑到教堂僻静处，斯拉伐从口袋里掏出剑鞘。米沙急不可待地一把从他手中抓过剑鞘，放在手上转了转，然后小心翼翼地摘去上面的圆圈、拧去尾端的小球。

　　剑鞘展开来变成一把扇子，孩子们把目光集中在上面，然后惊讶地面面相觑着……

　　在剑鞘的朝里一面，画着各种各样的符号，这些符号和短剑上那张金属薄片上的符号完全一样。剑鞘上再也没有别的了。

　　新的学期又开始了。米沙始终想着短剑和剑鞘，对上面的符号，一筹莫展。他买了一些关于刀剑和绘图的书，细细揣摩。有一回在班上看，被老师发现了。对于米沙，他是班长，学生会委员，这样做是有影响的，至少老师这么认为。老师把书交给了校长。

　　米沙来到校长阿历克那里。阿历克校长是一个学识渊博、慈祥善良的人，他没有批评米沙，只是注意地瞅着米沙，问："告诉我，小米沙，为什么你对刀剑感到有兴趣？"

　　米沙沉默着，他在想能否把这一切告诉校长。

　　阿历克仿佛没注意川米沙的沉默，继续说："可能，你们从事的事情是非常有趣的，倘若一切进行得很顺利，那就继续吧；倘若不，那就告诉我，我也许能帮个忙。"

　　米沙紧张地思索着，已经两个月了，他们花费了不少气力，可还读不出上面的字。或许，应该把金属薄片拿出来吧……如果阿历克校长读不出，那就没人能看懂啦。

　　米沙叹了口气，从口袋里掏出短剑手柄上的那张金属薄片，把它递给阿历克，说："阿历克校长，我们怎么也译解不开这些字。我听说过这是里托列，但我们不知道里托列是什么。"

　　阿历克端详着薄片，说："这很像里托列，里托列是古代俄罗斯文学中使用的暗号记法。可是，"阿历克坐着沉思，然后慢吞吞地说，"倘若这是里托列，那么这儿只是密码全文的一半。哪儿应该还有另外一半的。"

敢情是这么回事！米沙摸着口袋里的剑鞘。现在明白了，为什么那个老头儿译解不出密码。于是，米沙掏出剑鞘，摘掉圆圈，把它展成一把扇子，默默地放在桌子上。

阿历克微笑了，他把两张薄片拼在一起。平放下，用压纸尺压好。然后对米沙说："你瞧，这就成了一组完整的里托列了，现在试着读吧。"说着，他从书柜里拿下一本书，注意地翻着。

"这样，"阿历克说，"拿起铅笔铺好纸，写吧。"

在米沙的笔下，出现了这样一个句子："这蛇用来上钟发条，随后时针一走过正午，塔必然自动后转。"

"奇怪的字句，"阿历克沉思地说，"无论如何，你知道得比我多一些，譬如说：宝剑在哪儿？"

米沙拉出短剑，做给校长看，中轴是怎样装进去的。

"哦，短剑，"阿历克说，"小米沙，现在把你知道的有关这把短剑的一切都告诉我吧……"。

过了几天，米沙、耿卡和斯拉伐走进了阿历克校长的办公室。阿历克旁边，坐着一个戴着军帽的人。

"坐吧，孩子们，"阿历克说，"你们可以当着这位叔叔的面把一切都说出来。"

孩子们把关于短剑的事情告诉了面前的军人，军人出神地听他们讲述。最后他拍拍孩子们的肩膀，亲切地说："我在这件事上帮助你们。相信你们一定会搞清匪帮，我叫斯维里多夫。哦，握握手吧，怎么样？"

得到了军人斯维里多夫的帮助，米沙和伙伴们密切监视着费林和集邮店的老头儿。可是好久没见尼基特斯基出头露面了。

天渐渐地黑下来了，妈妈去值夜班，米沙和耿卡、斯拉伐趁着夜色，又来到小财迷鲍尔卡家门前的一处空仓库里。

月亮升起来了，四周静悄悄地，仿佛一切都沉入了梦乡。忽然，门开了，费林送一个披着大衣的高个子走出来。米沙定睛细瞧，这个高个子正是尼基特斯基。

只听尼基特斯基小声说着："事到如此，就来个彻底的，咱们捞不着，政府也别想得到。过段时间准备一批烈性炸药，把那个钟楼旁的仓库炸个粉碎！唉，想起来也真可惜，都怨你的孩子！线索中断了……"

费林唯唯诺诺，他连声答应着，把尼基特斯基送走。不一会儿，尼基特斯基就消失在夜幕中。

米沙把看见尼基特斯基的事对斯维里多夫讲了。听完孩子们的报告，斯维里多夫告诉他们："尼基特斯基硬管自己叫谢尔盖·伊万尼奇，这方面他举了一连串证人，其中也有费林。剑鞘失落后，他们就把自己的仓库搬空了——显然，有人使他们害怕了。"

孩子们脸红了，一声不响地凝视着地板。

"然而他们没能把仓库藏得多远。"斯维里多夫接着说，"我知道，有件事很使你们苦恼。你们想知道这个仓库里有些什么。可以肯定地说，他们窝藏军火，预谋发动叛乱。"

斯维里多夫顿了一下，望着瞪大眼睛的孩子们，又说了下去："孩子们，关于短剑的事，我今天告诉你们一个重大的问题。那就是多年以前，军火商人符拉基米尔在一个地方埋下很多军火，秘密钥匙就是短剑及剑鞘上的符号。如今，咱们已译解出那些符号，可埋藏军火的地址仍不知道，从你们刚才告诉我的线索分析，尼基特斯基他们知道地址。所以说，我们现在仍要密切监视他们的踪迹……"

已经是初冬了。天黑得格外早。通往莫斯科郊区的公路上，一辆大卡车正在疾驶。透过驾驶室的玻璃，可依稀看清两个人坐在司机旁，他俩是尼基特斯基和费林。

不用说，卡车上装载的是一批烈性炸药，他们的行动是炸毁那些他们知道地址却不知如何弄到手的军火。

他们哪里知道，身后一队警察正坐着大型轿车在距离不远处的公路上跟踪着他们，车里还有斯维里多夫、米沙、耿卡和斯拉伐。

卡车来到一个破旧的教堂前停下。黑暗中，尼基特斯基、费林和司机把一个个箱子搬下来，挪进教堂的钟楼下。尼基特斯基狠抽几口烟，把烟蒂扔到一旁，然后对费林说："点火！"

费林擦着了火柴，点燃了导火索，可就在这时，几个高大的身影包围了他们。

导火索被掐灭了，尼基特斯基、费林和司机被带上了车。

斯维里多夫和孩子们来到钟楼下。大钟的字盘在玻璃后面发着暗黄的光。字盘上，开钟的洞旁边，露出一条几乎看不出来的窄缝。

斯维里多夫打开钟上的门，钟摆斜摆了一下，"叮"地响了一声。然后他把针拨到12点差一分，把短剑上的小蛇插进那条缝，小心翼翼地把蛇向右转。

在场的人们紧张地等待着。

分针颤动了一下，移动了——字盘上面的小门打了开来，钟上的塔全部向前移，木盒子上面的一层打开了。

一条窄小的通道出现在人们的面前。斯维里多夫和孩子们进入通道。越往里走，通道越宽，在手电的帮助下，他们看到了一个装满枪支弹药的军火仓库。

米沙、耿卡、斯拉伐在几天后收到了波列伏依的来信：

斯维里多夫把你们的事写信告诉我了。好小伙子！我从来也没想到，你们竟对付得了尼基特斯基！短剑送给你们留作纪念。等到长成大人了，聚到一起，瞧着短剑，那时请想到自己的少年时代吧。

三个伙伴你瞧我，我瞧你，欣慰地笑了。

（邱纯义　缩写）

珊瑚岛的秘密

〔埃及〕胡达·舍拉高维　原著

　　"那是一个美丽的小岛。岛上有一座已经坍塌了的古城堡。小岛周围的海水清澈极了，你一眼就能望见海底，看得见里面的海草和小鱼。那里的海鸟，在岛上跳来跳去，什么也不怕……"

　　法蒂娅——不，应该是小辣椒，谁要是直呼其名，这个男孩子似的小姑娘才不愿意呢——小辣椒坐在海边的沙滩上，很神气地给来她家度假的三个两姨兄妹讲述着关于珊瑚岛的故事。

　　三个兄妹入迷地听着，心驰神往。

　　老二塔立格急忙插嘴问小辣椒："你怎么登上小岛的呢？它离我们不远吗？"塔立格是一个长着一双大眼睛的矮胖矮胖的男孩，凡事都耐不住性子。

　　"它离这儿不太远。你别忘了，我可是个划船英雄。尽管小岛四周的礁石很多，可我能轻松地把小船划到那里，而且还决不会撞到那些破船上。"

　　"破船!?"三个孩子几乎同时叫起来。

　　"是的，有几只船在这里遇上了风暴，触在小岛周围的岩石上。船都被撞碎了。"然后小辣椒低声地说："那里还有一只沉船，听说船上装着黄金，要运到一个地方去。"

"金子！它现在放在哪儿？"平时嘴角总挂着甜蜜微笑的小妹姆士拉，此刻也惊叫起来。

"其实，谁也不晓得放在什么地方。船沉了以后，潜水员们曾去寻找过，可是都没能找得到，也许被海盗给偷走了。"

塔立格激动地说："咱们走吧，法蒂娅……"他赶紧改口："不，我是说，'咱们走吧，小辣椒'。明天吃完午饭就到珊瑚岛去吧。"

第二天，阳光明媚，天空连一丝云彩也没有；只是海浪很高，雪白的浪尖在太阳光下闪动着光芒。小辣椒担心今天要起风暴，但在姆士拉的一再请求下，四个孩子还是向珊瑚岛进发了。

小辣椒轻捷地划着小船。小船避过一块又一块的礁石，飞快的前行。小岛越来越近了。不久，他们穿过了礁石区，最后来到了一处如同小海湾的地方。小辣椒毫不费力地把小船停泊在岸边，为防止风暴来临把小船卷走，他们把小船拖到了沙滩上，并用绳索把它拴在一块隆起的岩石上。

展现在四个孩子眼前的是一座古城堡。城堡的一些墙壁已经坍塌了。它的四周长满了野草。

"看样子这个城堡还不小呢，这里面一定有许多地道。"哈立德说。

"城堡的大部分都塌了，我不相信还能找到密道。"小辣椒解释。

他们四个在小岛上漫游着。突然从天空中传来一阵沉闷的轰鸣——那是雷声。

"暴风雨来了，真没想到会这样快。"小辣椒脸上流露出忧虑和焦急，"现在咱们不能走，必须等暴风雨过去后才能回去。"

雷电的闪光划过长空，发出隆隆的轰鸣。海浪越来越大，汹涌的浪头撞击在岩石上，接着飞起一朵朵的浪花，撒落在岩石的四周。

霹雳几乎撕裂了天空。多么猛烈的暴风雨呀！

他们只好躲进古堡里，谛听着雷雨声，等待暴风雨的停息。一个多小时过去了，太阳还是躲在乌云里，不肯出来。

哈立德忍不住了："我去看看咱们的小船怎么样了。"

哈立德冒着风雨出去了。他站在海岸上，凝眸眺望着咆哮的大海。大海波涛仍旧高高地卷起，雨继续倾泻着。突然哈立德脸上露出了惊讶的神色，他看见浪涛正把一个庞然大物推到岩石丛中。

他简直不敢相信自己的眼睛。这个大家伙不是一条船吗？哈立德赶忙叫出其他三个伙伴，他们站在高高的岩石上，注视着这条被卷在浪花中的大船。

大船在海浪中飘摇着，一点一点地靠近了海岸。最后，一个凶猛的海浪把大船抛上了礁石，不动了。

小辣椒突然叫道："这就是那条沉船！海浪把它从海底卷上来了。"

大家都有一种想到沉船上看看的愿望，但是这时风暴虽已渐渐平息，天色却也渐渐暗下来了。孩子们不得不返回家中。

他们老早就休息了，第二天天刚亮，他们就开始了真正的冒险！

小辣椒带上了她心爱的法赫德——一条很乖气也很凶猛的猎狗，四个小伙伴又下海了。

昨天的风暴早已过去，大海又恢复了平静。四个小英雄激动地等待着早一点登上那条被海浪卷上岸来的沉船……

小船终于到达了小岛。那条沉船已经清晰可见了。它那倾斜的船身靠在岩石上，海水退潮了，沉船大部分已经露出了水面。

孩子们爬到沉船上，来到船舱口，舱口下立着一根生了锈的扶梯。小辣椒握着手电筒在前面开路，身后依次跟着其他孩子。他们顺着扶梯走了下去，只见船舱里已灌进足有半米深的海水。里面所有的东西，都已破烂不堪，东一个、西一个，杂乱无章地放着。在那些破碎的桌椅和瓶罐中间，一群群小海鱼儿游来游去。这只船不算很大，船舱里只有几间船室。有的关着，有的房门已经被撞碎了。

他们走进船室。在一间船室里，他们发现了一个锁着的小柜子，于是他们用刀子撬开了柜门，柜子里有一只小木箱子。柜子里面渗进了许多海水，箱子漂浮在水面上。

小辣椒拿出箱子，哈立德和塔立格用尽了所有办法，使出了全部力气，也没把箱子打开。

四个孩子有点失望了。最后决定把箱子带回家中。

但是，当孩子们回到舱面上时，他们发现，沉船的四周停泊着好几条渔船。他们并不是秘密唯一的发现者，消息早已走漏了！

孩子们偷偷回到家中，找来工具撬箱子，可是箱子仍然纹丝不动。最后姆士拉想出了一个办法，她抱着箱子爬上房顶，从上面把箱子摔下来。

箱子哐啷一声砸在地面上。箱子没开，屋门却开了。

小辣椒的父亲穆斯塔法这个医学教授，带着满面怒气从屋门走了出来。

穆斯塔法高高的个儿，褐色的脸膛，墨黑的头发，嘴巴上还留着一撮小胡子。他常常带着医生专用的眼镜，脸色认真而严肃。

四个孩子在穆斯塔法严厉的质问下，把情况如实做了交代。

"胡闹！"穆斯塔法嚷道，"这事已经过去几年了，你们真的相信你们会找到金子吗？"

说完，他就拿起箱子进屋了。

孩子们一直监视着穆斯塔法，伺机拿出箱子。直到第二天中午，哈立德趁姨夫午睡时，悄悄地把箱子搬了出来。

四个孩子跑到海边，把箱子在地上重重摔了一下，锁的位置稍稍挪动了一点。小辣椒用钳子撬了起来，经过一番努力，箱子终于打开了！真奇怪！里面连一滴水也没渗进去。看来箱壳一定是十分密封的！

箱子里并没有金子，只有一叠已经发黄的纸，小辣椒翻看了好久，也未发现任何值得注意的东西，只是在一张纸上，画着一幅地图！

小辣椒仔细观察着地图，突然用颤抖的声音说："这好像是珊瑚岛上古城堡的地图，你们瞧，图纸上还写着字呢！"

孩子们的目光同时落在图纸上，只见上面写着两个单词。一个是"牢房"，另一个是"金锭"。

哈立德把图纸描了一张，保存了起来。然后孩子们把箱子关好，又偷偷地送回了穆斯塔法的屋里。

四个孩子研究着复制的地图，可怎么也读不懂上面的奥秘。于是，他们决定第二天再去珊瑚岛考察。

可是第二天的报纸上，在大字标题下刊登了关于沉船的新闻，消息讲到：那只沉船怎样装载着海盗们走私的黄金，怎样在还没被查抄与没收之前，便连人带船一起沉入海底。潜水员怎样下海寻找，结果连黄金的影子也未看到……

四个孩子读完报纸，才明白人们早已知道了沉船的故事。这件事必将引起人们注意，而更糟的是，穆斯塔法已经向他的朋友们讲述了小辣椒和其他几个孩子从沉船上找到箱子的事。并且很快就有人打来电话，要买这个箱子。

来不得半点迟疑，孩子们决定立即出发。

珊瑚岛到了，姆士拉说："老天保佑，今天可别再有人到这来。"

孩子们按照地图的标记，行动起来。

他们首先寻找地道口，可是没有找到。

这时猎狗法赫德向一只大海蟹追去。大海蟹没能追到，法赫德却掉进一口井里。井口被杂草覆盖着，借助手电筒的光亮，孩子们发现井底已经干涸，井壁上固定着一把铁梯子。法赫德正在井底呻吟。

小辣椒急忙沿着梯子向下爬去，不顾一切地把法赫德救了上来。

姆士拉指着猎狗的脑袋："小心点，法赫德，以后不准淘气，这次原谅你，因为你引我们找到了洞口。"

根据地图，地道口就在井的附近。

大家静静地四处寻找，不放过一寸地方。突然，姆士拉触到了一件很硬的东西，她扒开浮土，只见一个铁环露了出来。

孩子们把铁环周围的沙土和荒草铲了个一干二净，发现铁环固定在一块大石板上。

大家一起使劲，把石板抬开，地道口露了出来。大家顺着石阶，一磴一磴向下走去……

光线越来越暗，他们只好打开手电筒。法赫德走在最前面，汪汪地叫个不停。

当他们下到最后一级石阶时，发现自己是站在一条阴暗、狭窄的地道里。地道是在岩石层里开凿出来的，弯弯曲曲，一点规则也没有。

小辣椒说："我几乎辨不清道路了，这儿真奇怪。"她的声音在各个方向回荡起伏"——古怪的地方——地方——地方——"

姆士拉说："咱们快点找金子吧。"四周又传来回声："金子吧——金子吧——金子吧——"

孩子们仔细搜索着每一个地方。地道里分出许多岔道，里面全都是阴森森的。一些破碎的空箱子，散乱地扔在地道里的通道上。

地道相当长，两面有许多间小屋子，在那遥远的岁月里，这些小屋子可能是用来储存食品的仓库，要不，就是囚禁造反者的牢房。

在地道的尽头，孩子们发现了一间牢房，房外上着一扇木门，木门上安着一个很大的插销。

哈立德说："我看，金子准藏在这间牢房里。"

遗憾的是，木门始终没能打开，孩子们只好返回。地道迂回曲折，岔口纵横，致使孩子们找不到回返的路了。他们摸索着前行，突然间竟来到了那口水井里。这时，一条通道也射来一缕阳光——地道口！

孩子们终于踩着石阶，走到了地面，此时大家都饿了，于是划着小船告别了珊瑚岛，向家中驶去。

孩子们兴奋得一夜都没睡好觉，第二天一早，他们就扛着斧头，带上法赫德，登上小船，又来到了小岛。

他们钻进地道，又来到那扇木门前。哈立德抡起斧头，向木门劈去，一片木屑飞来，把塔立格的脸打出了血。于是塔立格在姆士拉陪同下，到外面包伤口去了。哈立德又抡起斧头向铁销砸去，门吱嘎嘎地打开了，门后露出了一间小石屋子。在这间牢房的角落里，手电筒的光线落在了一堆黄色的如同砖块一样的东西上。

哈立德大叫起来；"金子，金子，小辣椒，咱们终于把金子找到了！"

小辣椒注视着这一堆金锭，一句话也说不出来。这突然的发现使他们惊呆了！

沉船上的金子为什么跑到这里来了呢？是船上的幸存者搬过来的吗？还是有谁从沉船上打捞上来偷运到这里的呢？这就是个谜了，谁也不知道。

忽然，法赫德拼命地叫起来。汪汪的叫声在地道里回荡，阴森恐怖。

哈立德说："静一静，法赫德。除了塔立格和姆士拉，不会有外人来的。"

可是一个陌生的、暴躁的声音响了起来："谁在那儿？谁在那儿？"

哈立德和小辣椒急忙躲进了门后，可是法赫德仍然咆哮着，时刻准备与那陌生人搏斗！小辣椒制止了法赫德的行动。

陌生人走近了，他转到了门后，发现了两个孩子。

"你们在这里干什么？塔立格和姆士拉是谁？他们在哪儿？"陌生人狂暴地叫嚷道。他是个样子十分粗野可怕的矮胖子。

两个孩子一言不发。

这时，陌生人把手电向屋子里照去，立刻叫嚷起来："金子！穆尔西，快来看！"

另一个人冲进了屋子，贪婪地抚摸着金锭："真的，真是金锭。我们终于把它找到了。"

小辣椒气愤地说："你们不要如此高兴，我们一回家就会报告警察的。"

陌生人残忍地冷笑了一声，说："如果在我们的船把黄金运走之前放你们回家的话，你们倒可以这样做。"他的手里握着一把手枪，两只小眼睛里喷射着固执和凶狠的目光。他用枪口瞄了瞄法赫德，接着说："这条狗还满标致的。赶紧写张纸条给你们刚才说到的那两个人，让这条狗给带过去。"

"我们一个字也不写。"哈立德说。

"不写？不写我就打死这条狗！"矮胖子把枪口对准了法赫德的头……

在陌生人的威逼下，小辣椒只好接过陌生人递过来的纸笔，按照吩咐写道："我们已经找到了金子，望立即来看。"但结尾署名是：法蒂娅。小辣椒希望塔立格和姆士拉能从这个名字中感觉到事情的不寻常。

法赫德不情愿地离开小主人，找到了在地面上的姆士拉兄妹。塔立格取下了猎狗项圈上的纸条，从署名上，兄妹俩果然感觉到了情况的异常。同时他们也发现了海湾里停泊着一艘小汽艇。

塔立格怕被人发现，赶紧和妹妹藏在城堡里，商量对策。

这时，塔立格发现两个陌生人从地道里钻了出来，像是正在寻找他们兄妹俩，并且可以听到陌生人的对话。其中一个说："我们不能整天在这里找那两个小东西，我们得赶紧把金子运走。"另一个说："那么现在就去海滨把渔船弄来。"

两个陌生人开着小艇驶远了。

两个孩子急忙跑到地道口。可是地道口已被石板堵死了，两个孩子根本搬不动。

最后，塔立格只好从那口井进入地道了，尽管这是危险的。因为井口的梯子离地道的洞口还有几米的距离，如果从梯子掉下去，也会摔得很严重的。在这方面，塔立格可没有法赫德的本领。但为了救伙伴，塔立格还是带上一根绳子向井下爬去。姆士拉目不转睛地望着他，由于过分紧张，她浑身颤抖着，连小脸也变得苍白了。

塔立格慢慢地向下爬去，一直到达了梯子的最下端，然后他把手电筒叼在嘴上，把绳子的一端系在梯子上，顺着绳子滑了下去。终于滑到洞口旁边的一块伸出井壁的岩石上。他把身子紧靠着井壁，一只膝盖跪在洞沿上，从洞口钻进了地道。

当塔立格慢慢找到那间牢房时，发现屋门关得紧紧的，插销插得牢牢的。塔立格敲了敲房门，喊道："哈立德——小辣椒——"

里面回答道："塔立格，快开门！"

塔立格吃力地拉开了插销，房门打开了。

三个孩子赶紧向外走。可是地道口的石板从下面更是无法移开，他们只能从井口爬出去。

塔立格从井壁上的洞口探出头来，伸手去抓那根悬吊着的绳子，可是没有抓住。

"我来试试！"小辣椒使劲把手伸出洞外，终于把绳子抓在手中。她从洞口里抽出身子，双手紧握绳子向上爬去。

小辣椒终于接近了梯子。她抓住铁梯，一步步向上攀去，最后爬到了井沿上。

这时候，姆士拉正坐在井台上，她心急如焚，脸色苍白，当她一瞅见小辣椒，便一把将她拉上了地面，快乐的泪花湿润了她的眼睛。

紧接着，塔立格和哈立德也从井里爬了出来，四个孩子又重逢了。

他们决定马上划船回去报警。可是当他们来到小船上时，发现船桨不见了。怎么办？

"我有个办法。"哈立德说，"等那两个坏蛋回来进入地道后，咱们有一个人偷着跟进去，绕道迅速躲到那间放金子牢房的附近，等两个坏蛋一进屋，就迅速把门插上，然后快点从井口逃出来。咱们一起乘他们的汽艇跑回去。"大家一致赞同这个办法。

这时，他们听见汽艇的声音由远而近地传了过来。顺着声音望去，那只小汽艇正向小岛驶来，后面还拖着一只大渔船。

塔立格说："我下地道藏起来。"说完，就顺井壁的梯子爬了下去。

剩下的三个孩子躲在一块巨大的岩石后边。只见那两个陌生人向地道口走了过去，把石板挪开，走进了地道。

三个孩子估计两个坏蛋已经走远，就一起使出了最大的力气，把石板盖在了地道口上。

塔立格蹲在牢房附近的一个阴暗的角落里，等待着关键时刻的到来。不一会儿，那两个人走进了牢房。一个人喊道："两个小孩不见了！"

塔立格猛地一个箭步冲过去，使劲关上木门，发出了咣啷一声响，响声回荡在寂静的地道里。他想一下子推上插销，可惜没有成功。他颤抖着双手，用了好大力气才把生了锈的插销稍稍挪动了一点。接着，他撒腿就往洞口跑去。没跑多远，两个坏蛋也冲了出来。当塔立格跌跌绊绊跑到井口时，两个坏蛋也追了过来。就在这千钧一发之际，汗流满面的塔立格终于把绳子抓在手里，他顺着绳子向上攀登。当攀到梯子的时候，他回身用随身携带的刀子割断了绳子。他迅速地爬出了井口，看见了伙伴没有多说话，只是摇了摇头。伙伴们便明白了，他的任务没有完成。

小辣椒立即说："咱们快上船吧，这是咱们唯一的机会了。那两个坏蛋不能轻易地把地道口的大石板搬开的。"

他们向海岸跑去，而小辣椒却飞快地跑到存放工具的地方，取来一把斧子。法赫德跟在她身后，一边跑，一边叫着。

他们来到了小船旁，从汽艇里取出船桨。哈立德和塔立格把两只船桨扛进了小船。这时只见小辣椒举起斧子，用尽全身的力气向汽艇发动机劈去。直到把它彻底砸碎为止!

姆士拉着急地喊道:"快一点,小辣椒,那两个人从远处追过来了!"

也不知两个坏蛋是怎么爬出地道的,总之来不得半点迟疑了,小辣椒飞速地从汽艇上跳下来,朝小船跑去,她跳上小船,几秒钟后,便抓起双桨,极为熟练地用力划了起来。

小船在海面行进着。姆士拉说:"现在那两个家伙究竟在干什么呢?"

哈立德说:"当他们的同伙发现两个坏蛋迟迟不回的时候,也许会派人划船上岛去寻找他们俩的。既然他们知道我们逃去报告警察了,就会毫不迟疑地把金子运走。"

小船靠近了海岸,四个孩子跳下了船,就往家里跑去。法赫德紧紧跟在后面。

穆斯塔法看到孩子们风风火火地赶回来,就问:"怎么回事?发生了什么事?"

小辣椒说:"我们在小岛上找到金子啦!"

哈立德说:"有两个坏蛋想把我们囚禁在岛上的地道里。"

"这简直是无稽之谈!"穆斯塔法说,"我只要你们其中的一个人说话,给我慢慢地讲清楚。"

哈立德向姨夫讲了事情的经过。穆斯塔法表扬了孩子们,并把事情马上报告了警察局。

一个小时后,门铃响了,警察局的人来找孩子们了解情况。

一个警官向大家叙述了后来的情况。原来警察一接到报告,便神速赶到了现场,但两个坏蛋已经逃走,那条渔船也无影无踪了。不过那只被砸烂的汽艇仍停在海湾,黄金也仍然放在原处。

警官又对孩子们说:"你们是勇敢的,为了表彰你们,我们将奖励你们一笔钱,作为鼓励。"

小辣椒说:"有你们的表扬就够了。至于奖励,我们愿把这笔钱送给任何一所孤儿院。"

警官说:"只有从善良的心灵里,才能产生这种高尚的感情。"

四个孩子幸福极了,他们兴奋地跑到海滨。小辣椒深情地望了一眼大海,对三兄妹说:"我建议咱们成立一个俱乐部,取名'四侦探俱乐部'好不好?"

塔立格说:"好!也许今后我们能够揭开更多的秘密,解开更多的谜。"

(孙天纬　缩写)

密林历险记

〔英国〕唐·拜伦　原著

　　暑假来到了。汉斯、卡尔和奥托三个小男孩把奥托叔叔家的一条旧船修补好，带上许多吃的东西，以及铝壶、火柴、毯子和地图等，就要启程开始他们的历险远行了。可是船桨被奥托的堂妹爱丽莎藏了起来，她生磨硬泡非要同行不可。没办法，只好同意她加入队伍。

　　他们把东西都搬上船，以14岁的汉斯为"领导"的四人小组也全都上了船。汉斯拿起一支桨，用力一划，船就到了河心。这儿的水流得快，小船顺水急速地前进。他们划呀，划呀，只见村庄远远地被抛在后面，渐渐地看不见了。呈现在他们面前的却是一片密林。这时，太阳已经升起。他们的冒险旅行正式开始了。

　　森林里阴凉阴凉的。河水穿过茂密的树丛，高大的树木密集地矗立在河两岸，好似一堵一望无际的绿色堤坝，挡住了太阳的光线。这儿的河水流得很慢，孩子们奋力地划着船桨。一个小时过去了，他们觉得有点儿累，也有点儿饿。于是他们把船靠岸，开始生火做饭。

　　他们一边吃着早点，一边察看地图。

　　"今天我们能走多远？"奥托问汉斯。

　　"我们不用太费劲就可划出15里。"汉斯指着地图上的一个地方说，

"我们今天可以停在这儿。离河不远有一座护林工的房子。这个护林工认识我爸爸，明天早晨我们可以去找他。也许他还能带我们好好逛一逛这一片森林。"

饭后，他们继续向前划。中午，他们在靠近一座小山的地方停下，三个男孩子开始爬山。

"你们听！好像有马达的响声。"卡尔突然说。汉斯和奥托也注意地听起来。

"这是飞机的响声。"汉斯判断说。

不一会儿，只见一架小飞机，紧擦着树梢从他们头顶上飞过去，在树丛上空盘旋一圈就不见了。

"我不明白飞机飞到树林里来干什么？驾驶员想在这儿干什么？"想着这飞机奇怪的飞翔，汉斯自言自语地说。

下午汉斯坐在船尾看地图。

"护林工的房子离这儿只有四、五里路了，天黑以前我们就能到。"

爱丽莎坐在船头，娴静地看着水面。

"停船！"她突然喊道，"有一棵大树横在前面。"

男孩子们使劲地用桨停住了船。那树又粗又长，把整个河道全给挡住了，他们的船根本没法划过去。两岸全是茂密的树丛，靠岸的地方也找不到。他们只好把船抬过去。

汉斯把树枝都砍掉，用毯子把大树包起来。他们把船上的东西都拿出来放在大树上。奥托和爱丽莎爬到树上，汉斯抓住船头拼命往上拉，卡尔跳进冰凉的水中在后面推。几个人累得满头大汗，船终于被拉出了水，拖到大树上。卡尔从树底下游过去，抓住船头慢慢往下拉，很快船又回到水中。

"今天我们到不了护林工的房子了。"汉斯说，"天快黑了，我们得找个地方过夜。"

他们找到一块林间空地，吃完晚饭，卡尔、奥托和爱丽莎倒头便都睡熟了。只有汉斯还惦记着飞机的事。

"飞机飞到树林里干吗来啦？"想着想着，只觉一阵困乏，一闭眼也进入了梦乡。

第二天早晨，汉斯叫醒小伙伴们，洗漱，吃完早点，他们又开始了航行。

不一会儿，卡尔看到一条摩托艇。

"那条船不是护林工的。"汉斯判断说，"那边树丛中的小船才是。"

"那么这么昂贵的摩托艇是谁的呢？"

"可能是护林工很有钱的朋友的吧。"

他们把船靠岸后，汉斯和卡尔去找护林工，奥托和爱丽莎留下来看守船。

汉斯和卡尔穿过密林，来到一块空地上。护林工的房子就在这块空地那边。

他们看见那边有股浓重的黑烟。

"等等！"卡尔在侧耳细听，"听，好像有什么响声！"

一阵发动机的响声越来越近。

"又是那架飞机，正向这里飞来。"

飞机飞得很低，他们可以看见驾驶员的脑袋。汉斯和卡尔急忙躲了起来。

只见两个人从护林工的房子里走出来，其中一个手里拿着一面小旗，来回摇动三次，飞机上的驾驶员挥了一下手，飞得更低了。等到飞到空地上空时，驾驶员突然丢下一件红色的东西，然后飞走了。

汉斯脑海里起了许多问号："驾驶员干吗要从飞机上往下扔包？在护林工房子里的都是些什么人？他们开船到这儿来干什么？"

"还有那股黑烟，"卡尔补充说，"那肯定是告诉驾驶员向下投包的地点。"

"没错！护林工可能出了事。这些人不会是他的朋友。我们得设法帮助他。"

他们站起身来，正要回去告诉奥托和爱丽莎他们。

"不准动！"两个孩子慢慢转过身来，只见两个人站在他们身后。"跟我们走！快点！"

"快放了我们！"汉斯说，"你们干吗把我们带走？"

两个人也不回答，等到了护林工的房子，一个人开了门，把他们推了进去。

只见屋子里有两个人，一个胖子，穿得笔挺，手上戴着一个很大的宝石戒指。

推两个孩子进来的那个人向胖子交代了情况。"你们在偷看房子？你们在这儿干吗？"胖子把声音压得很低，但汉斯觉得他说话的声音使人讨厌。

"我们不是在偷看这座房子，"汉斯回答说。"我们在树林里走路，看到一架飞机，我们在看飞机。"

"噢，你们看到飞机啦？哈哈！"胖子冷笑一声，"那是我的飞机。我是个富翁，我在城里经营大买卖。我到这来是度假的，同时还要办点儿事。我的飞机每天都要给我往这儿送信。"

"也许他说的是真的，"汉斯想，"可我讨厌这家伙，他肯定不是好人！可是，护林工到哪儿去了呢？"

这时，突然有一阵喊叫声从隔壁房间里传出来；有人在用力地打门，一边打一边喊：

"放了我！你们不能把我关在这儿！快放了我！"

胖子脸色变了，他怒气冲冲地对他手下的两个人命令道；"去！让他给我老实点儿！别让他跑了！"那两个人出去不一会儿，喊声就没有了。

胖子坐在那儿，不作声了。

"原来护林工是被他们给关起来了！"汉斯想。

"你们干吗要把护林工给关起来?！你们不能这样！"汉斯愤怒地质问道。

"这不关你的事，你们也得呆在这儿。我不能放你们走。你们会把这儿的事泄露出去的！"胖子又问他手下的人；"他们是怎么到这儿来的?"

"是坐船来的。"他手下的人答道。

"去到河上看看，看他们有没有同伙，发现了立即带来。"

汉斯和卡尔被关进了地窖。门被锁上了。

当汉斯和卡尔到护林工那儿去的时候，奥托就到森林里去了。他想看奇怪的鸟，可是他一个鸟也没看见，却看到了飞机，也看到了飞机丢下的那个红色的东西，后来又看见汉斯和卡尔被两个人带进了屋子，再也没见他们出来。

奥托急忙向河边跑去，不小心掉进一个坑里，脚受了伤，他强忍着疼痛一跛一跛地回到河边，把情况告诉了爱丽莎。

为了不让那些坏人发现他俩，奥托没动自己的船，而是小心地划上护林工的小船，到下游求救去了。

爱丽莎在树丛里呆了很久。天都快黑了，她大胆地潜伏到了那座房子附近。爱丽莎蹲在那儿瞧着。不一会儿，房子的灯熄灭了，整个房子笼罩在一片黑暗之中。

地窖里阴凉潮湿，汉斯和卡尔想尽办法也无法逃出去。夜幕降临，整个房子一片寂静，他俩困倦了，但地窖里太冷，冻得睡不着。突然他们听到窗子外面有响声。"也许是野兽吧，也许有人在站岗。"卡尔猜测道。

又是一阵响声。

"谁在这儿?"汉斯问道。

"是我，爱丽莎！"两个孩子看到了窗外的黑影。

"你们在哪儿？我一点儿也看不见你们。"

"我们在下面呢。他们把我俩锁在地窖里了，你说话要轻一些，别惊醒了他们。"

"奥托去找人救你们了。护林工在哪？"

"他被关在自己的那个房间里。你快出去藏起来，等奥托回来。不要再走近这所房子了。"

爱丽莎走了，但她并没有走远。她想救出汉斯和卡尔。她要找到护林工，她想他会帮忙的。她发现房子后面有个小窗，她推开窗子爬了进去。她摸着黑儿穿过房子。她顾不得这些了。突然她发现在一个房间的门上有一把钥匙。"护林工肯定锁在这间屋里！"她轻轻地转动钥匙，门果然开了！她很快溜了进去。她发现护林工被五花大绑地捆在床上，嘴里还塞着一块布。她把布从他嘴里掏出来，可她怎么也解不开他身上的绳子。

"解不开就算了。"护林工说，"你是谁？到这儿干吗来啦？"

爱丽莎把事情很快讲了一遍。

"你得赶快离开这儿。绳子这么粗，你解不动，也割不断，房子后面的小茅屋里有我以前用过的钥匙。有一把是可以从里面打开地窖门的。你快救你的伙伴们出去。"

爱丽莎说了声"谢谢"，又把那块布放进护林工嘴里，走出房门，回身又把门锁上了。没能救出护林工，她感到很难过。

她终于找到了钥匙，又回到地窖小窗前，把两个男孩子轻轻唤醒，把钥匙扔了进去。门打开了，汉斯和卡尔走出地窖，回身又把门锁上，他俩蹑手蹑脚地穿过过道，爬过一扇小窗。突然，他们看到屋里一道亮光，有一个人走过来，手里拿着电筒。

"卧倒！别动！"汉斯轻声命令道。

他们趴在地上等着，不一会儿，灯光灭了，房子又变成漆黑。

"那人可能是到护林工房间里去的。"汉斯判断说,"他现在肯定回屋睡觉了,我们快走吧!"三个人一骨碌爬起来,飞快地穿过花园,撒腿向森林里跑去,他们一直跑了很远才停住脚喘口气。

奥托怎么样了呢?

奥托急匆匆地向前划行,小船又轻又快。他忍受着伤脚的剧痛,"我不能停下!"突然,他发现河里有许多岩石,他的船险些碰上!此时,天已经黑了,船不能再航行了,否则就有撞上岩石的可能。船停了下来,拴好船,随便吃了点东西,裹上毯子往地上一躺便睡着了。

第二天醒来时,伤脚一阵阵剧痛,他简直疼得都要爬不起来了。他强忍疼痛,爬上船,又继续前行了。烈日当头,他感到一阵头晕,只得躺在船上,稍息片刻,任凭船顺水漂行。当他再睁开眼时,他终于惊喜地看到前面不远处有村庄了。他想靠岸,可发现桨不见了!

"准是在我休息的时候丢了!"他想,"天哪!这可怎么办?!"他挣扎着坐起来大声呼救。终于有一个人从房子里走出来。那人划船赶来,用一条绳子套住奥托的船,把它拖到岸边,那人把奥托领到自己家里,并请来了大夫。

"疼得厉害吗?"大夫问。

奥托想回答,可他说不出话来,他感到一阵阵头晕眼花。大夫用手摸着他的前额说:"这孩子病得不轻,需要好好休息。"大夫拿出几粒药片放在玻璃杯里让奥托喝了下去。

这边汉斯、卡尔和爱丽莎逃出来,在树林里过了一夜。因为太冷,一夜也没睡着,最后终于熬到了太阳出来了。

他们的船以及船上的东西已经被抬走了。幸好爱丽莎在离开船之前,把她的包藏在树丛里,她去取。他们到达河边时,看到一艘摩托艇,艇上有一个人正在打扫甲板。

孩子们等了一个多小时,看见房子里又来了一个人,他沿着小道一路奔跑着。

"那两个孩子逃掉了!"他喘着粗气大声地说,"我们得快去找他们。"

"别担心,他们跑不了!离这儿最近的村庄也有25里路呢!"

那两个人顺着小道走去。汉斯看他们走远了,急跑过去,从树丛里拿回了那装着食物的背包。他们又回到森林里,找个地方,吃了点儿东西。中午,那架飞机又来了,它在森林上空飞行,他们看不见它。不一会儿,飞机飞走了,森林里又寂静下来。他们猛地又惦记起了奥托。

奥托吃了药之后,睡了整整一天。当他醒来时,已是晚上。他听到窗外有暴风雨的呼啸声,顿时,狂风大作,骤雨滂沱。

奥托恍惚中喊了一声,有一个人走进屋来,开了灯。

"啊,你到底醒了。"

"村里有没有警察?我要向他们报告一个紧急情况,我的朋友在那边森林里被坏人抓走,并给关起来了!"

那人冒着风雨出去,很快回来了。同他一起来的还有警察和大夫。他们脱下湿衣服,听奥托说明了情况之后,作为村里主要人物的大夫出去找来了四个身强力壮的大汉,又准备好摩托艇。奥托不顾受伤的脚,执意要给他们带路。

暴雨一停,大家就出发了。摩托艇逆流而上。行进得非常从容。奥托想到他的伙伴即将得救,心里觉得有说不出的高兴。

汉斯、卡尔和爱丽莎在暴雨过后,沿着河岸边的小道向下游走,去迎接奥托。他们一直走了四里路。汉斯说:"现在夜深了,房子里那些家伙们都睡着了。我们去弄些干柴生把火。"

他们好不容易找到一些干柴,生起一堆篝火,把衣服烤干了。

卡尔睁大眼睛盯着河道。可船还没有来。他感到有些疲倦,不由自主地看了爱丽莎一眼,小姑娘在那块干地上睡得正香,金黄色的长发拖到地上，不时地发出轻轻的鼾声——她太疲倦了！

"她是多么勇敢的姑娘啊！她累了，让她再睡一会儿吧！"不知怎么的，他的倦意顿消，他轻轻地转过身来——生怕发出响声，惊醒了他的小伙伴。

待了不知多久，他终于听到了响声！那是发动机的声音，一条船正逆水驶来，他兴奋地跑过去叫醒了汉斯，爱丽莎也醒了。三个人站在河岸上焦急地等待着。那船越来越近，他们看到了灯光，船上强大的光束把河道照得通明！

"他们来啦！"汉斯边说边向船上的人高声喊起来。大夫停了船，把灯光向河岸上照去。奥托看见他的伙伴正站在河岸上向他挥手。大夫把船靠岸，和警察他们一起下了船。

"我们从地窖里逃了出来，可房里还住着那群坏家伙。护林工还被他们关在里面。"汉斯又向来人详细地说明了情况。

"我们已经想好了一个计划。你们快上船吧，我要把我的计划给你们谈谈。"

他们都上了船。大夫接着说："先不能让那些人看见我们，汉斯和卡尔负责把那些人引诱出来，你俩走近房子，特意弄出响声，还要高声喊叫：说你们的肚子饿了。当他们出来走近你们时，你们就向树林里跑，他们就会在后面追。我派两个人在树林里等着，等他们追你们进了树林，累得喘不过气来时，我们来个突然袭击，就能把他们抓住。然后我们再去抓他们的头儿。"

说完，大夫把船又向上游开了一段路，然后找一个合适的地方抛了锚。

奥托、爱丽莎和另外两个人守船，以便坏人从河道逃跑时拦住他们。其他的人由汉斯带路。他们穿过树林，天已经亮了。他们看到了护林工的房子。警察和一个身强力壮的大个儿埋伏在小道旁边的树丛里，大夫带两个人藏在房后的小茅屋后面。估计大家都准备好了，汉斯拉着卡尔从地上爬起来，走过空地，靠近了房子。

于是，两个孩子高声喊叫起来，不一会儿，有一个人从房子里走出来，看见了两个孩子。

"快给我们吃的，我们饿了！"

房子里又出来一个人，不一会儿，那胖子也出现在门前。胖子说："快去把他们给我抓住，带到这儿来。"

说完，胖子又进了屋，剩下的两个人跑过空地要抓汉斯和卡尔。他们故意站在那儿不动，等他们离近了，突然转身向树林跑去。那两个坏家伙尾随在后，紧追不舍。

他们是沿着那条小道跑的。现在已到了密林深处，后面的两个家伙已累得呼呼直喘粗气，可还不肯停步。突然从树丛里蹿出两个大汉，向他们猛扑过来。两个家伙吓呆了！警察和大个儿已在这里等他们好久了，他们抡起拳头迎面就打，两个家伙措手不及，扑通一声，倒在地上，乖乖地做了俘虏。

"好啦，我们的任务完成啦。"警察说，"让我们去看看房子那边的情况怎样了。"

他们来到房子前，看到了大夫。"我们这儿很容易地完成了任务。可是，当我们和他们搏斗时，那胖子乘机溜了！他可能要开船逃走，我们必须马上去追。"

"让他走好了，"汉斯说，"他逃不掉。"

"他可能要向河上游逃。"

汉斯和卡尔大笑一声："假如他向上游逃，他会后悔的！上游不远有棵大树拦住了河道，汽艇根本过不去，他一定会再回来，那时我们的人就会把他捉住。"

果不出所料，那胖子开船向上游逃去。大树拦住了他的去路，只好又转回来。大夫的汽艇正好在下游等他。艇上的那两个人挡住了他的船。经过一场搏斗,终于把他给抓住带到房子这儿来了。

他们发现,胖子身上有一个包。包里有几个小盒子,每一个盒子里都有几颗宝石。

"原来这些人是走私犯。"大夫说,"他们在向我们国内私运宝石。可我不明白!为什么他们只有这么几颗宝石呢?"

警察搜查了胖子,又把房子仔细地搜了一遍,可是没找到一颗宝石,他把俘虏锁进地窖,留下两个人在门外看守。

孩子们想看一下护林工。

"他在休息。"大夫说,"我们找到他时,他已经被折磨得不像样子。割断他的绳子时,他都站不起来了,他已喝了热茶,吃了东西,在睡觉。"

过了两个小时,护林工醒了,他用虚弱的声音叙说了这里的情况。

原来,一个月前,来过两个人,要出高价买下这所房子,遭到护林工的拒绝。可一个星期前,来了五个人,其中一个就是那个胖子。他们想占用这个房子一星期。再次遭到护林工的拒绝后,他们就凶相毕露,把护林工关了起来。

"现在一切都真相大白了。"大夫说,"我们也抓住了走私犯,缴获了宝石。"

"恐怕不是一切都清楚了吧?"汉斯问道,"这些坏家伙是什么时候到这儿来的?"

"上星期五。"护林工答。

"今天又是星期五了。他们不是说要用这所房子一星期吗?今天是最后一天了,所以飞机又该来了,今天可能是他们最重要的一天,也许驾驶员要带来大批宝石呢。"

"汉斯说得对!"大夫说,"每天驾驶员离开机场时只能带有少量的宝

170

石，因为可能机场的人要搜查他，这样经过两三天，他们搜查不出来什么就再不搜查他了，认为他是没问题的。于是驾驶员就会带出大批宝石，交给胖子卖掉。"

中午12点了，也就是每天飞机到来的时间。稍晚，他们果然听到了一阵飞机的马达声。他们按照每天的样子升起了黑烟，其他人都藏了起来。只用两个人拿着小旗等待飞机到来。

飞机出现在空地上空。大夫拿了小旗摇动了三下，等飞机向下扔东西。

飞机飞得很低，驾驶员在仔细地看着地上站着的两个人，他没向他们挥手，也没有丢东西，却掠过上空飞走了！

驾驶员认出了他们。

大夫说："但是飞机总要飞回机场，那时就能找到他。"

突然，卡尔叫起来："你们听，飞机响声！它又飞回来了。"

"你们仔细听飞机的声音，"大夫说，"发动机像是发生了故障，驾驶员可能想着陆。"

飞机在颤抖。

"它能降落在这块空地上吗？"警察问，"这块地方不够大，他能停住飞机吗？"

飞机在继续下降，轮子已着地了，可是已冲过空地，它走得很慢，可并没停住。

"他就要撞到树上了！"汉斯惊呼。

飞机果然撞到一棵树上，发出巨大的响声。飞机倒向一边，一部分机身撞碎了。

"快！"大夫向大家喊道，"我们得赶快把驾驶员救出飞机，它可能要爆炸起火。"

大夫和警察把驾驶员从飞机里拉出来，抬到房子里去了。

汉斯和卡尔却向飞机跑去，汉斯爬进了随时都可能爆炸的飞机，"我一定要找到那些宝石。"汉斯说。他找呀，找呀，可是什么也没找到。忽然他拉开了驾驶员的座位。他发现在座位下面地板上有一个布包。他拿起来顺手扔给了卡尔，跳下了飞机。

"这里面肯定是宝石！"卡尔用手捏着布包兴奋的说。他俩飞快地向房子跑去。

刚跑几步，背后便响起一声震耳欲聋的巨响，几乎把他们给震倒了！两个人互相看了一眼，回头望去。只见一股浓烟直冲云霄：飞机爆炸了。

"好险啊！"两个孩子不约而同地说，着实捏了一把冷汗。

迎面碰上了闻声从屋子里跑出来的大夫和警察他们。大夫看了一下飞机残骸，回手摸了摸汉斯的头，"好险啊，孩子。"

他们回到屋里，大夫为驾驶员治疗了两个多小时，使驾驶员转危为安。

大家都围在桌子旁，大夫打开了汉斯从飞机上找到的那个布包，里面果真是宝石！数了一下，竟有二百多颗！

"好啦！现在我们的任务已彻底完成了！我们抓住了走私犯，拿到了他们的宝石，又救活了驾驶员，我们要好好谢谢你们这几个孩子。"

大夫当天没离开森林。他和警察军人在护林工房子里过了一夜。爱丽莎给他们做了一顿丰盛的晚餐，他们痛痛快快吃了一顿。

第二天早晨，警察到地窖里押来了那群走私犯，把他们带到船上。飞机驾驶员由两人抬到船上。

"我们还要用一下胖子的摩托艇，我的船盛不下这么多人了。"

大夫让他带来的人都上了船，回头对孩子们说："再见吧，孩子们，你们还打算干什么？"

"我们还要在这待几天，护林工身体还很弱，需要人照顾。"

"当心点儿，可不要再出事！"大夫叮嘱了一句就上了船，孩子们都大笑起来。

　　"我们要好好地过一个安安静静的假期!"汉斯对他的伙伴们说,"我们这几天的经历够惊险的了!"

(孙天纬　缩写)

月亮山奇遇记

〔苏联〕萨波日尼科夫　原著

　　这是一个很美丽很美丽的故事。主人公阿廖沙虽然只有5岁，但他非常勇敢，非常善良，可爱极了。你读了他的故事之后，一定会喜欢他的。

　　这不，今天就是阿廖沙5岁的生日了，按照祖先的规矩，这一天可以自由自在地去做自己想做的事，别人是无权干涉的。

　　爸爸、妈妈在厨房里吃早饭。阿廖沙没有工夫坐下来就餐，只胡乱地喝了点牛奶，然后一个衣兜里塞了两片面包干，另一个衣兜里塞了一包火柴，把精致的夜光指南针戴在手腕上，又找来他自己描绘的所谓的地图，一副远行人的打扮，似乎就要上路了。

　　"这么早你上哪儿去呀？"妈妈惊奇地问。

　　"我要去探险！"阿廖沙神气地说。

　　"探险！？上哪儿去探险？"

　　"很远很远的地方。这是秘密，不能说，请你原谅。"但他很理解母亲的心情，迟疑了一下，便改口说："我要到……月亮上去。"

　　妈妈感到十分惊诧。

　　其实阿廖沙所说的月亮不在天上，而在白桦山谷中。白桦山谷可远啦！上那儿去得走整整一天，而且还必须经过很难走的原始森林，去探险

174

的人还必须是旅行家和猎手。

阿廖沙所说的月亮谁也没见过，只有他和父亲知道。还在春天的时候，他俩曾到过白桦山谷。

那是一个寂静的傍晚，他和父亲坐在篝火旁。朦胧中，一只长脚秧鸡在草地上走来走去，并时时发出"嘀哩！嘀哩！"的叫声，仿佛说：小阿廖沙，安静下来听听吧，睁大眼睛看看吧，奇景马上就要出现了。

这时，一轮圆月从山后穿过松林，倾泻下一缕银光。雪白而柔和的光芒洒满了罗相卡河，洒满了整个白桦山谷。四周万籁俱寂，连长脚秧鸡这个预言家也沉默不语了。

月亮挂在半空，它的边缘碰到了山巅，离得可近啦！你若跑上山去，只消一伸手，就可以摸到它。

但是阿廖沙没有去，他被这景色迷住了，惊奇得说不出话来。他看见月亮上有洞穴和火山，有齿状的石墙、宫殿和楼塔——全是银白色的：有宝塔，有瀑布，还有张着帆的船……

阿廖沙很久就盼望生日到来，因为生日这天他就是一只自由的小鸟了，他有很多事情要做，很少有人知道，他还有个大秘密呢。知道这个秘密的只有他的好朋友丹尼亚，丹尼亚可聪明了，并且很会保守秘密。阿廖沙本想带她一起去探险的，可是丹尼亚有心脏病，她走不到白桦山谷的。

丹尼亚说，在森林里住着一些小老头儿，个子只有树桩那么高，他们很胆小，见人就躲。不过，在森林里总还是能遇到他们的。森林里的小老头背上背着柳条筐，里面装了各种各样的仙草。

这是丹尼亚讲的，可奶奶却说森林老头是树精。树精的胡子是绿色的，眼睛像锥子一样尖，腰间系着用树皮编的腰带，头上戴着尖顶白羊毛帽子。

要想找森林老人，必须到僻静的地方。你在森林里走时，绿胡子小老头儿也只管走自己的路。你要先对他说"爷爷，您好，日安"，然后再向他讨仙草，并要说明药铺里没有治心脏病的药，而丹尼亚是你世界上最好的朋友！

阿廖沙早就下定决心，一定要去寻找森林老人，为丹尼亚求来治病的仙草；他一定要到他所说的月亮上去，去探索那里面的神奇！

"好吧。"妈妈终于同意了，"我不阻止你去探险。不过你会邀请你爸爸去吧？哪有一个人的探险队呢？"

阿廖沙沉思了一下。探险哪能没有人协助呢？也得需要个搬运工啊，再说爸爸在探险这方面可是个内行。爸爸不是还送给自己一个子弹袋吗？

这时爸爸说："我不反对你去。当然，如果让我去的话，我乐意当炊事员、向导和搬运工。"

"好吧。不过，要以我为主。我是队长，你是搬运工。"

"好吧。"爸爸伸出手掌，和阿廖沙击了一下。

阿廖沙穿上带风雪帽的短外套，挎上自动双管猎枪，并在腰带上别了一支转轮手枪，也是自动的。

好威武，一个小猎人！好神气，一个小探险队长！

"好。搬运工，出发！妈妈，再见！"

探险队踏上征程。

密密层层的松树满山遍野，头顶上枝丫遮天蔽日。地面上积雪覆盖，罕无足迹。探险队就在这清寒冷森的野生密林里踏雪而行。

"站住！"探险队长突然举起手表示止步，"肃静！"

在深邃而茂密的河柳丛中有个黑乎乎的东西！是个窝棚？房顶上还有烟囱和一扇小窗户。下面有一个进出口，是一扇小圆门。因为森林里的居民个儿矮小，只有树桩那么高，所以他们的窝棚也很小。

是谁躲在那棵大松树旁边呢？那人头上歪戴着一顶白帽子，一动不动地站在那里直愣愣地望着小猎人。小猎人惶恐地屏息不动了，两眼定定地注视着昏暗的森林。树精！尖尖的白帽子，留着卷胡子，而且还背着小筐。

小猎人起初有些害怕，后来迟疑地向前跨了一步。站在松树旁的那个小老头儿跟跄了一下，也跨了一步！

小猎人愣住了，因为他非常担心把那个小老头儿给吓跑了。可那老头没有跑，他从松树后边探出头来张望猎人。他真胆小：你走一步，他就走一步；你站住，他就停下来望着你。

怎么办？应当和他谈谈！小猎人并不想采取行动，只想问一问："爷爷，您有仙草吗？有没有能治心脏病的仙草？若是有的话，请您给我一点吧。有一个病人非常非常需要这种药。"

小猎人恭敬地走近老人。于是看清了老人那布满皱纹的脸庞。卷卷的胡子和可笑的鹰钩尖鼻子。

小猎人更看清了，原来那老人并不是树精，也不是森林老人，而是一根树桩！上面还有一根像鼻子的弯树枝，树桩上盖了厚厚的一层雪，活像一顶帽子。原来窝棚也不是什么窝棚，而是被雪压弯，垂到地上的松树。

阿廖沙抢起棍子，生气地把树桩上的雪帽子打下来。给你一下子，看你还能再骗人！树桩就是树桩，你干吗要装扮成森林人呢？

真正的森林人是不骗人的。他们心地善良，乐于助人，毫不伪装。只有到了晚上，森林里非常寂静，没有一个人的时候，才能去寻找他们。

探险队继续赶路。他们的路已经走了不少了。队长掏出只有他自己才看得懂的奇怪的地图，认真地查找着路线，并拿出指南针，校正了一下行进方向。

"继续前进。不要喧哗！"队长命令道。

在森林里走路切莫出声，要让你能听到别人的动静，而不让别人听到你的动静。这是在原始森林里应当遵循的一条规则。

探险队要通过针叶林和沉木区，要穿过荒无人迹的深山老林。忽然出现了脚印，雪地上出现了新鲜的脚印！

一只无人知道的野兽从探险队前进的路上横穿了过去。

脚印一直通向一棵老白桦树，再想寻找，已经不见了。野兽哪儿去了呢？得时刻提防着野兽的袭击。

小猎人扣起扳机，随时准备射击。他开始慢慢地、一步一步地围着桦树转。近一点，再近一点，可是没有丝毫线索，仿佛野兽飞到天上去了！

就在这时，有个东西在树枝中一闪，就迅急地从树上跳了下去。

猎人已经来不及躲闪了……

野兽猛地跳到猎人的背上，一个冰冷而尖利的东西抓住了小猎人的脖子。

原来是一只野松鼠，一种伤人的野松鼠！

小猎人猛一转身，摆脱了松鼠，松鼠又逃到树上。小猎人架好枪，就要射击。

可是松鼠并没有逃，它甩甩毛茸茸的长尾巴，眨眨黑得像煤块的眼睛，又坐下来用前爪洗脸呢，它先擦左眼，然后把唾沫吐在爪子上，再擦右眼，并用后脚搔了搔耳朵。

"看来不应该向它开枪，是吗？"小猎人忽然问当着搬运工的爸爸。

"当然不应该，"爸爸赞同地说，"让它活着吧。"

探险队穿过生长着毛茸茸、绿茵茵的小松树地带，展现在眼前的是一片白雪皑皑的广阔的原野，远处森林像一排蓝闪闪的墙，围在原野四周。

这片原野是一片古老的沼泽，沼泽中间有一个小岛，小岛上长着许多花椒果树，形成一片小树林，树林里有许多打扮得很漂亮的小鸟，小鸟穿着灰绿色的皮袄，戴着银白色的帽子，翅膀上长着金黄金黄的羽毛，尾巴上闪现出金黄色和紫红色的星点。搬运工告诉队长，这种鸟叫连雀。

连雀在花椒树丛中发出"咚，咚，咚"的声音，尖细而清脆的叮咚声好似泉水滴石的淙淙声。

小猎人用连雀语和小鸟们攀谈起来："咚咚！你们不要害怕，我们是旅行者，我们要到白桦山谷去，我们要到月亮上去旅行。你们看见森林老人了吗？他们带着白帽子，背着筐子，筐子里有仙草……"

小鸟觉得很奇怪，猎人竟然会鸟语。有几只小鸟儿甚至飞近猎人，叽叽喳喳地说起话来。看样子它们准备把森林老人的事告诉小猎人。

忽然间空中响起了一阵可怕的嗯哨声。吓得小猎人手脚都冰凉了。一群小鸟像遇到风暴似的，展翅飞散了。

怎么回事儿？猎人发现天空中一只巨鸟向连雀们扑去。这只强盗嘶叫着，在连雀中横冲直撞，它挥舞着马刀般锋利的白翅膀向左右两边砍杀。

这只巨鸟名叫鹫。它凶狠地追赶着连雀们，连雀们时而散开，时而迅速聚拢，拼命地向前飞翔。鹫一次又一次地向鸟群俯冲下去。一只连雀掉队了，鹫就把这只连雀追赶得离鸟群越来越远……鹫拍打着翅膀，把小鸟压在地上，伸出了它那贪婪的爪子。

"喂，你要干什么！"小猎人跺着脚大声呼喊，"滚开，你这强盗！"

小猎人多么想搭救那只连雀呀，它那么小，那么孤立无援！可是猎人眼看着鹫那毛茸茸的爪子把小鸟揉成一团，并撕裂它的翅膀。于是，那连雀在飞行中撒下的金灿灿、红彤彤的星点很快消失了。

"把它放了！"猎人喝道："它疼死了，住手！放开，混蛋！"

但是那强盗抓住小鸟向天空飞去，越飞越远。

直到这时，小猎人才想起自己的武器。

"啪——啪——啪——"子弹飞射出去。可是已经晚了。小猎人终于扔下枪，坐在地上哭了起来。

"小连雀痛死了……这个可恶的大剥皮鬼！"小猎人伤心地说，"那只强盗把小连雀弄到哪去了？"

"弄到森林里去了，鹫就坐在树上用小鸟作早餐。"搬运工说。

"用鸟作早餐？！"

"是的。鹫是猎人，而连雀是它的猎物。要是你把鹫打死了则是不对的。"

"鹫大就正确，那连雀小难道就不正确吗？"

"你要知道，鹫是饿了。鹫并不伤害所有的鸟，谁懒，谁马大哈，忘记了世界上还有鹫，它就侵犯谁。鹫也是世界所需要的。"

"谁需要它？它是个剥皮鬼。"

"需要的。不然小鸟就会变懒，变得不会飞，甚至不会歌唱了。你看见没有？鹫抓住的不是那飞得最快的连雀，而是那漫不经心的懒虫。"

"小鸟可不是懒虫，它是给吓坏了。"

"这就使它付出了生命的代价。"

小猎人像个大男子汉似的沉思起来。可是他还是不太明白。这是为什么呢？

"等我长大了，有了真正的猎枪之后，我要把所有的鹫都赶走，让它们谁也抓不到。还要有平等的法律，而不是像现在这样。要让它们互相残杀，强盗杀强盗——将来的法律就是这样。"阿廖沙认真地说。

"队长，你的法律倒也不赖。"搬运工赞许地说，"不过，现在咱们是不是应该赶路了？"

探险队来到一座小木屋前，小猎人只身钻了进去，看看森林老人在不在里面。可是里面只有一个大火炉，散发着一股烟味儿和浓烈的靴油味儿。这时搬运工也走了进来。

"爸爸，这是什么味道，这么刺鼻？"

"柏油。用来润滑大车的柏油。"

"什么大车？"

"大车就是用马拉的车。"

"用马拉的车？是杂技团里的马吗？它们能在音乐伴奏下跳舞和鞠躬呢。"

"不。套在大车上的马是专用来运东西、耕地的。古时候要是没有马，人们就会饿死。那时候马是相当多的。"

"古时候？古时候是什么时候？"

"嗯——那时候这里的大树还小呢，森林是野生的，这里只有熊和驼鹿。后来长脚秧鸡在白桦山谷走来走去地叫。"

"就是我们春天到这里来时看见的那只秧鸡吗？"

"不。不是那只，也许是它的曾祖父，或者是它的曾祖父的祖父。"

"爸爸，古时候我在哪里？"

"你？那时候还没有你呢。"

"一丁点儿也没有我？"

"嗯。也许你的生命才在我的某一个曾祖父身上刚刚萌芽呢……"

走出森林，从山上往下望去，可以望到很远的地方。在那似乎伸手就可以摸到天空的地方，工厂的烟囱林立，长长的烟柱袅袅升起。远处那湛蓝的白桦山谷隐约可见，但要到达那里，还需一昼夜的行程。

小猎人还在想他的问题："爸爸，古时候地球上都有些什么东西？很古很古的时候。"

"那时候地球是一片汪洋大海。"

"那么海呢？"小猎人环视一下四周，问道。

"海干涸了，没有了，后来长出一片森林来，只不过不像现在这种森林，而是原始森林，是蕨和大木贼。"

"那大木贼到哪儿去了？"

"因为气候变冷，整个地上都结了冰，又是暴风雪，又是北极光。大木贼被冻死了。"

"后来呢？"小猎人还想继续问下去。

"后来气候又变暖了，冰雪都融化了。再后来这里来了高鼻子羚羊、红狼、仙鹤，直到现在，就长出了森林，松鼠和长脚秧鸡也来到这里安了家。"

"是谁改变了这一切？"

"这——这是时间改变的。"

"时间是什么东西？它在哪里？"

"很难给你解释什么是时间，但是到处都有它，又到处都没有它；谁也看不到它，谁也听不见它。就叫它'看不见的博士'吧。后来博士改造了一切，把大的蜥蜴变成了小鸟，把鱼类、鸟类经过几个阶段就变成了人。"

"那他能不能重新把人变成鸟、变成鱼呢？"

"谁？"父亲惊奇地问道。

"长白胡子博士。"

谁也不知道长白胡子博士，小猎人也是此时此刻才知道的呢。但他不会再让别人知道了。

长白胡子博士住在白桦山谷的一个很大很大的洞穴里。为了改造自然界，他常常到地面上来。小猎人正是因为要寻找长白胡子博士才到白桦山谷去的呢。

当探险队终于到达白桦山谷时，已经是夕阳西沉，夜色茫茫了。探险队在罗相卡河边安营扎寨。

还在春天的时候，也是这样一个傍晚。月亮从古松后面升起来，月光像流水似的淹没了白桦山谷，清爽空灵，整个一个童话般的世界。直到现在，小猎人才确切地知道那天傍晚长白胡子博士到山谷来过。博士是从月亮上下来的，到罗相卡河去饮水，开始考虑改变现状，让世上的一切变得更美好。

博士总是晚上来改造世界，每一次来之后，森林老人都把一切情况告诉他。森林老人是他的助手，长脚秧鸡和啄木鸟是他的信号兵。

小猎人静静地等待着，可是博士一直没有出现。啄木鸟"嘟嘟"地说，长白胡子博士已经来了。谁要是找他，必须自己去找，不能等。

　　小猎人套上滑雪板，让搬运工看守宿营地，自己毅然决然地背上猎枪向黑暗中滑去。

　　月亮下面，有几缕云悠悠飘过。

　　小猎人警惕地留心着周围的一切，不放过一声响动。他小心翼翼地向树丛走去，发现雪地上划着一些小道道。朦胧中，他看清了，原来是一个个短短的箭头。所有的箭头都指向一个方向。小猎人看了一下指南针，发现地上的箭头指向正北方，正是月亮山的方向。也许是谁的一种暗号吧。

　　顺着箭头，一路滑翔，来到罗相卡河。河岸很陡，几乎是垂直的，悬崖峭壁上长满了河柳。小猎人抓住树枝慢慢往下滑。但是，枪被树枝钩住了。他伸手想把树枝弄开时，那树枝却咔嚓一声断了，于是小猎人连人带枪滚了下去。

　　他在斜坡上翻滚了好久，简直弄得晕头转向！终于砰地一声坠地了，全身埋在雪里。他一动不动地躺着，深怕忽然从悬岩下跳出一个人或者一头猛兽。

　　突然传来"叮——叮——叮！咚——咚——咚"的声音。

　　那是潺潺的流水声，在他躺的冰下低语着。小猎人忙和小河对话："小河，你知道长白胡子博士在哪里吗？"小河还是"叮叮咚咚"地絮语着，小猎人听不懂它的语言。

　　这时，已经飘起了雪花，天上的月亮也隐藏起来。幸好，他的装备还完好，他继续前进了。

　　穿过罗相卡河，就是一片密林。小猎人就好像行走在一个黑暗而僻静的长廊上。忽然，不知什么抓住了他的风雪帽和枪管，朝他背后推了一下。小猎人急忙扭过脸去，他觉得仿佛有人沿着他的足迹，在后面走，甚至听到了谁的嘎哑的呼吸声。他朝暗处凝望了好久。原来又是虚惊一场，灌木丛勾住了他并碰了他一下！

　　探险队长像西伯利亚猎人似的警惕地倾听着林中的动静。他离宿营地越来越远了。路突然变窄了，杂乱的灌木丛挡住了去路。小旅行家解下滑雪板，像蜥蜴似的爬了过去。正当他套上滑雪板准备赶路时，丛林深处响起了震耳欲聋的吼声；"嗷——嗷！呜——呜！"接着是愈来愈大的脚步声。小猎人隐蔽起来，准备战斗。灌木丛中那粗重的喘息声，树枝的折断声愈来愈近。一头野兽从他身边擦了过去。小猎人又静静地等了一会儿，确信野兽已经走远了，他才站了起来，继续朝月亮山方向行进。

沿着一个陡坡吃力地上去，小猎人来到一块大草地中间，周围长满了密密麻麻的树木。猎人从没来过这里，但他一下子就猜到了，这是月亮山。

小猎人扫视了一下四周，在雪地上隐约可见一行深深的脚印。这是谁的脚印呢？这些脚印从林中空地上踩过去，顺着陡坡蜿蜒而上，消失在松林中。

小猎人对脚印进行了种种猜测，这使他的心不安地跳动起来。

也许已经有人在月亮山上等他呢！

小猎人秘密地深入到森林中，松林里静悄悄的、黑洞洞的，飘着稀疏的雪花。

月亮山已经一片漆黑，伸手不见五指。松树在互相低语。他忽然想到：在这里可以和长白胡子博士交谈啊！他想和博士说好多好多的事情呢。

他真的这样做了：把帽子脱下来，恭敬地说道：

"长白胡子博士，您好！我叫阿廖沙。……你要知道，鹫太坏了，我亲眼看到它欺负所有的小动物。它用活鸟当早餐。这太不公平了！"

"我可以有一匹马吗？一匹真正的马。我将骑着它到很远很远的地方去，一直到大洋岸边。"

"我还求你把我的好朋友丹尼亚的心脏病给治好。别的大夫都说她的病治不好了，而且药铺里也没有这种药。可您是什么都会的呀，求求您，博士！丹尼亚是个很好的姑娘。"

"长白胡子博士，我还想看您是怎样造山的，您把我带到什么星球上去吧，我要帮助您造山，造海，造美丽的海湾，在海湾上还要种上许多棕榈树。"

"我爸爸会让我去的，我还没有取得妈妈的同意。不过您一定要带我去啊……谢谢您，博士。"

小猎人认真地述说着，他的心中，有一轮美丽的月亮，皎洁的月光映照着他的每一方心田。月亮山上，留下了小猎人阿廖沙至清至纯的足迹。

雪花还在悠悠地飘，小猎人应该返回爸爸那里去了。他恋恋地离开月亮山，挥挥手，说道："再见，月亮山！再见，长白胡子博士！"

宿营地的篝火快燃尽了。篝火的光亮照耀着漫天飞舞的雪花。看来，今天晚上月亮不会再升起来了。夜，深沉的夜。

"在月亮山上你同谁谈话？"爸爸问阿廖沙。

"我？我——我没有和谁谈话。你听到了？"

"我偶然到了那里，听到你的声音，我还以为你在树林里碰见了谁呢。"

原来爸爸一直在跟踪小猎人，保护着他。月亮山上那行令小猎人疑惑的脚印，就是爸爸留下的。

阿廖沙不愿意说假话，但是也不能把自己和博士谈的话泄露出来。

"爸爸，我不能告诉你，这是秘密。"

"对不起，我不应该问你。"

关于长白胡子的大秘密，小猎人只想告诉一个人，那就是丹尼亚。

归途上，小猎人走得飞快，他不是走，简直是在飞，他浮想联翩！

他想到他成了博士的助手，把丹尼亚的病治好了。丹尼亚能歌能舞能滑雪了。

他想到他成了一名勇敢的骑士，骑着博士送给他的骏马，畅游云端。

　　当探险队走了一半路的时候，雪停了，天空中的云朵稀疏了，月亮像罩上了一层面纱，时隐时现，和地上的雪相互辉映着，美丽极了。

　　而小猎人的月亮却在白桦山谷中，那里有长白胡子博士。他的月亮谁也不知道，因为它很少升起来。要非常有耐性的人才能看到一次。还得什么都不怕：不怕黑暗，不怕夜里出来吼叫的野兽。

　　能看到他的月亮可是了不起，必须知道白桦山谷的伟大秘密，那儿有罗相卡河，那儿有长满了古松的月亮山。月亮山的月亮是为迎接那勇敢的旅行家和猎人而升起来的，是为那些正直的、乐于做好事的人而升起的。

（孙天纬　缩写）